W0352090

LE SECRET DU GLADIATEUR

© 2013, Éditions Nathan, SEJER, 25 avenue Pierre-de-Coubertin, 75013 Paris
Loi n° 49-956 du 16 juillet 1949
sur les publications destinées à la jeunesse,
modifiée par la loi n° 2011-525 du 17 mai 2011
ISBN 978-2-09-254407-5

LE SECRET DU GLADIATEUR

Laure Bazire

Illustrations de Jaouen Salaün

Nathan

CHAPITRE I

Les sept hommes attendaient, impassibles. Les minces rayons de lumière qui filtraient au travers de la porte trouaient difficilement l'obscurité et saupoudraient d'or, par petites touches, les protections de cuir des combattants. L'un d'entre eux secoua la tête pour chasser une mouche importune. Au mouvement qu'il fit, un rayon de soleil accrocha la courte épée qu'il portait à la taille.

Marcus se pressa plus encore contre la paroi de pierre et essuya la sueur qui coulait sur son front. L'air était chaud, lourd, encombré d'odeurs humaines et animales, dominé par une note aigre qu'il connaissait bien : celle de la peur. Elle trahissait ceux qui étaient là. Si les corps demeuraient immobiles, les esprits s'agitaient, effrayés, tendus vers cette porte dont l'ouverture déchaînerait les Enfers. La peur…

Marcus laissa son regard errer sur les profils des combattants. Rien ne semblait pouvoir les atteindre. Pourtant, le garçon savait le travail qu'ils avaient dû accomplir pour arriver à se maîtriser ainsi, les heures d'entraînement et de souffrance, les promesses faites aux dieux. Tout cela pour dominer les tremblements, les plaintes, les cris, l'effondrement au moment d'avancer sur le sable chaud de l'arène. Tout cela pour rester en vie.

La chaleur devenait intenable et les rares souffles qui parvenaient à se frayer un passage par les soupiraux brûlaient comme des langues de feu. Au-dehors, le *velum* était certainement tendu pour protéger des ardeurs du soleil la foule assemblée dans les gradins du cirque Maximus. Ses poings se crispèrent : ceux qui venaient dans ce lieu tenaient à leurs aises et souhaitaient profiter en toute tranquillité du spectacle.

Le grondement de la foule s'amplifiait, semblable à la respiration hachée d'un animal furieux. Soudain, une clameur éclata, saluant vraisemblablement l'arrivée d'un important personnage. Les combattants se redressèrent, comme mus par un même ressort. Dans quelques minutes, les chaînes de la porte grinceraient, libérant de leur immobilité ces gladiateurs qui partaient, sous les yeux d'un public avide, affronter leur propre mort.

Marcus inspira profondément pour calmer les battements affolés de son cœur. Il ne tenta pas de croiser le regard de Fulgur : il savait que pour fouler le sable de l'arène son père changeait de peau. Ce n'était plus l'homme qui avait guidé ses premiers pas hésitants, celui qui l'élevait chaque jour. C'était un autre être, un guerrier, dur, rapide comme l'éclair, une machine à tuer que l'esprit semblait avoir déserté. Il lui fallait souvent plusieurs heures après le combat pour quitter cette gaine de pierre et redevenir celui que Marcus aimait. Le garçon devina, au mouvement de ses lèvres, que son père priait les dieux de lui accorder à nouveau la victoire.

Un bruit de pas résonna entre les parois de brique : le laniste, un gros homme vêtu d'une tunique autrefois blanche, se glissa entre les combattants, vérifiant de son œil habitué d'entraîneur les courroies, le tranchant des armes, la tenue de sa « famille ». Sa famille, c'était cette troupe de gladiateurs qu'il entraînait quotidiennement. Il les menait parfois vers la victoire, mais plus souvent vers Charon, le passeur d'âmes, qui les conduirait au royaume des morts. Arrivé à la porte, il se retourna et fit face à ses hommes. Sans même le regarder, ils répétèrent le serment des gladiateurs, ces mots qui les avaient rivés à lui plus sûrement qu'une chaîne :

– Nous supporterons le feu, les coups, la mort par le fer. Comme des gladiateurs régulièrement engagés, nous consacrons de la façon la plus totale à notre maître et notre corps et notre vie.

Les mots rebondirent avant de s'évanouir, couverts par les cris de plus en plus aigus de la foule.

Atticus, le laniste, ferma un instant les yeux. Quand il les rouvrit, Marcus vit que ses prunelles brillaient d'un éclat insolite. Il dévisagea ses hommes un à un, puis annonça d'une voix sourde :

– L'empereur est là. Il attend le plus beau des spectacles, puisqu'il nous fait l'honneur de nous opposer ses propres gladiateurs. Laissez grandir la bête qui est en vous, battez-vous comme vous ne l'avez jamais fait ! C'est le prix de notre victoire.

Les gladiateurs se raidirent, sans qu'un murmure passe leurs lèvres.

La respiration de Marcus s'accéléra. Ainsi, c'était l'empereur qui avait déclenché les cris de la foule ! Un instant, sa pensée s'égara loin du combat. Auguste – puisque désormais on appelait ainsi Octave, le petit-neveu de Jules César en personne – était dans la tribune. Pendant quelques secondes, il partagea la fierté qui animait les combattants, mais bien vite la terreur le reprit. La petite troupe s'apprêtait à se mesurer aux hommes de l'empereur, des gladiateurs parfaitement entraînés, galvanisés par la présence de leur maître. Le sable allait encore se gorger de sang.

Les chaînes grincèrent et, petit à petit, la porte s'ouvrit, découvrant l'éclat aveuglant de la lumière de ce mois de mai. Marcus contempla les combattants : devant, Fulgur, le chef, suivi de ses guerriers, Calidromos, Faustus, Félix, Victor, Ursius et Bellérophon. Tous passèrent devant lui, la tête haute, tandis qu'il implorait Némésis, la déesse préférée des gladiateurs, de leur accorder la vie sauve. C'était des catervaires, des hommes qui ne combattaient qu'en groupe et qui se devaient mutuellement la vie.

Ils s'arrêtèrent au centre de l'arène, formant un bloc compact devant la loge de l'empereur. Alors il les entendit clamer ces mots qu'il ne voulait plus entendre : «*Ave* César, ceux qui vont mourir te saluent.»

Marcus tourna le dos au soleil éclatant de l'arène et s'enfuit dans les couloirs obscurs du cirque.

CHAPITRE II

Marcus courut à perdre haleine, enchaînant les passages, ouvrant d'un coup de pied les portes qui lui résistaient. Il se retrouva bien vite dehors, désorienté, aveuglé par la lumière. Derrière lui, le cirque Maximus, coincé entre les collines de l'Aventin et du Palatin, semblait jouer des épaules pour étendre sa carrure d'athlète. Le garçon marcha au hasard des rues, fuyant le cirque et les clameurs qui s'élevaient dans l'air surchauffé. La ville paraissait déserte, comme vidée de sa substance.

– Tous au cirque, à haleter et à hurler pour voir des hommes s'égorger sous leurs yeux ! marmonnait-il tout en hâtant de nouveau le pas.

Il voulait s'éloigner de cet endroit qui soudain lui paraissait maudit. Il traversa le *forum* Boarium, le marché aux bœufs, sans un regard pour les quelques marchands qui repliaient leurs étals. Ses pas le portèrent naturellement vers le Tibre, le fleuve qui traversait Rome.

Et si Fulgur, tout bon guerrier qu'il était, laissait la vie dans ce combat ? Les hommes de l'empereur étaient sûrement très bien entraînés, et décidés à tuer pour satisfaire leur maître. L'image s'imposa dans son esprit, le contraignant à s'arrêter : il voyait son père écroulé dans l'arène, le sang giclant de ses multiples blessures, ses compagnons d'arme autour de lui priant les dieux de bien l'accueillir…

Pour chasser cette vision terrible, il reprit sa course, bousculant au passage un groupe d'enfants qui jouaient aux osselets. L'un d'eux se redressa, furieux.

– Hé, tu pourrais faire attention avec ta patte folle ! Apprends au moins à marcher droit !

Marcus serra les poings et pensa avec colère : « Pas besoin de me rappeler que je boite, pauvre crétin. Si tu crois que je ne m'en suis pas rendu compte ! » Il avait tant subi de moqueries à propos de son infirmité qu'il ne sentait ni l'envie ni le besoin de répondre, surtout à une bande de gamins.

Le garçon s'assit sur une borne et s'essuya les yeux d'un geste rageur. Devant lui, le fleuve étendait mollement ses courbes. Le pont Sublicius, d'habitude rempli de chariots dont les conducteurs s'insultaient au passage, était presque vide. Marcus grimaça : sa jambe le faisait souffrir. Il regarda d'un œil critique le mollet un peu maigre et le genou trop gros. Il ne savait jamais s'il devait maudire ou remercier les dieux pour cet encombrant cadeau : dans une ville comme Rome, que faisait-on quand on était boiteux ? On ne devenait pas gladiateur, ni soldat. Certes, il ne connaîtrait pas la mort par les armes, mais il restait peu de carrières ouvertes quand on n'avait pas un sou devant soi…

Marcus soupira. Il se rappela non sans dépit les quelques leçons qu'il avait prises avec les caternaires, son humiliation lorsqu'il avait compris que jamais il ne pourrait combattre. Trop lent, handicapé par son pied tordu et sa jambe plus courte. Un jour, alors qu'il revenait d'un entraînement avec Ursius, ce dernier s'était arrêté, avait secoué sa grosse tête hirsute et lui avait dit :

– Marcus, il faut que tu changes de voie. Tu n'es pas fait pour être gladiateur. Tu… Tu pourrais gagner en rapidité en t'entraînant, mais il te manque quelque chose.

Le garçon avait alors levé des yeux implorants vers le colosse et lui avait demandé timidement :

– C'est ma jambe, hein, Ursius ? Je suis vraiment un bon à rien…

Le gladiateur s'était dandiné, gêné de devoir mettre des mots sur les choses.

– Non, petit. J'en ai connu, des gars qui marchaient pas droit… Y en avait un, même qu'on l'appelait l'Oie à cause de sa démarche, mais, par Lug, j' te jure que, le glaive à la main, y'en avait pas un qui aurait ri devant lui. Non, c'est pas ça, c'est… en fait, c'est l'or et le sang… Tiens, viens à la taverne, le patron a rapporté de l'hydromel de Gaule, ça me rappellera quand j'étais petit. Pour une fois, j'ai une poignée d'as[1] en poche, on va en profiter tous les deux.

Marcus avait suivi le géant dans une de ces tavernes plus ou moins bien fréquentées qui peuplaient le quartier populaire de l'Aventin. Seul, il n'y serait jamais entré, mais en compagnie d'Ursius c'était autre chose… Son ami avait échangé quelques mots dans une langue inconnue avec le patron de l'établissement avant de venir s'asseoir près de lui. Ursius lui avait un peu parlé de la Gaule, de l'invasion romaine, de son enlèvement, de sa rage d'être

1. Pièce de cuivre, la plus petite des monnaies romaines.

considéré comme un esclave et enfin de son arrivée à Rome.

– Tu comprends, petit, Atticus a vu tout de suite que j'étais fort comme un ours, c'est pour ça qu'il m'a appelé Ursius. Mais c'est pas seulement la force qui fait le gladiateur, c'est aussi…

Il avait plongé son regard dans la boisson douce-amère, puis s'était éclairci la voix.

– Oui, l'or et le sang. La couleur du sable de l'arène. La vie de ton adversaire qui coule avec son sang. C'est l'envie de tuer, petit, et ça, tu l'as ou tu l'as pas, avait-il lâché d'un seul trait.

Marcus secoua la tête à ce souvenir. C'était ce jour-là qu'il avait compris. L'envie de tuer, il ne l'avait jamais eue. Il avait vu cet éclat dur qui s'allumait dans les prunelles des combattants alors qu'ils entraient dans l'arène. Lui tremblait de peur, et fuyait dès les premiers coups échangés. L'envie de vaincre, ça, il l'avait ressentie. Mais pas celle de tuer, pas celle d'asséner un coup fatal. Il savait bien que les gladiateurs acceptaient ce principe : tuer ou être tué, jouer sa vie sur une feinte, jouir des acclamations de la foule pour un combat parfaitement mené. C'était cela qui se jouait dans la tête de ces hommes et qui lui restait étranger. Lui, ce qu'il aimait, c'était… c'était quoi, au fond ?

La question méritait un peu de réflexion. Marcus dessina du bout de sa sandale des cercles dans la poussière de la rue.

Il aimait cette ville, la Ville, le cœur de l'Empire. Il aimait ce que l'empereur Auguste était en train d'en faire : les façades de marbre remplaçaient peu à peu les vieux murs de brique pour façonner, il en était sûr, la plus belle cité du monde.

Et puis il aimait les histoires, comme celles que Publius Ovidius, le célèbre poète ami de l'empereur, rassemblait pour écrire un livre : des histoires grecques, celles qui racontaient la formation du monde et qui expliquaient la vie des dieux. Voilà, c'était ça, son domaine à lui : le monde des histoires. Si seulement il avait été doué pour la musique ! Il se voyait bien, comme

Orphée, charmer Cerbère avec les cordes de sa lyre et ramener la belle Eurydice des Enfers… Sauf que lui, il aurait été moins bête, il ne se serait pas retourné, il aurait patiemment attendu qu'elle soit sortie de l'étroit passage avant de la regarder.

Oui, vraiment, c'était ça qu'il aimait, se blottir dans un coin et écouter Ovide composer à voix haute à partir de ces histoires. Depuis qu'il était entré au service du poète et qu'il lui faisait la lecture, sa vie avait changé. Il remerciait chaque jour les dieux d'avoir si bien inspiré son père pour qu'il l'envoie, dès ses sept ans, à l'école qu'avait ouverte un vieil homme de leur quartier. Pour marquer l'événement, il avait reçu en cadeau sa première *capsa*, une boîte qui contenait son *stylus*, sa tablette de cire et son déjeuner. Il était si fier, mais comme il avait tremblé en quittant son père ! Une silhouette sèche se tenait à l'entrée de l'espèce de boutique qui servait de salle de classe ; Fulgur avait glissé dans la main du vieillard quelques pièces, et l'autre avait souri tout en agitant sa férule, cette baguette qui servait à taper sur les doigts des écoliers paresseux. Marcus avait rapidement compris pourquoi en latin les mots « étudier » et « tendre la main à la férule » avaient le même sens. À la pensée des années passées là-bas, il fut envahi par des émotions contradictoires : le bonheur d'avoir découvert la lecture puis l'écriture, et la douleur au souvenir cuisant de ses erreurs payées à coups de férule.

Marcus n'avait jamais connu sa mère, et lorsqu'il sut vraiment lire, il se rendit compte que les mots avaient un pouvoir magique, celui de faire sortir des limbes une longue silhouette brune. Il ne savait pas qui était cette femme, mais il était sûr que quelque chose de fort les liait. Alors il suivait avec application les lignes des textes et son esprit s'évadait, très haut, très loin, entrait dans les histoires jusqu'à ce qu'il en devienne une petite parcelle – oh, pas un personnage, juste un tout petit élément du décor…

Et quand il parvenait à ce degré de concentration, il sentait la présence de cette femme, près de son épaule, lisant avec lui ces livres qui le faisaient tant rêver.

Il avait bien essayé d'en parler à Fulgur, car enfin il n'était pas, comme Minerve, sorti de la cuisse de son père ! Mais la seule évocation de sa mère ternissait le regard d'un brun chaleureux du gladiateur, et parce qu'il aimait ce dernier plus que tout, Marcus avait appris à garder pour lui ses questions. Aujourd'hui, par exemple, si sa mère avait été là, ils auraient attendu ensemble et… Le garçon grimaça. Le terrain devenait dangereux, les larmes n'étaient pas loin.

Il soupira et leva les yeux vers le ciel. Son père allait vaincre, c'était sûr ! Ce soir, ils se retrouveraient tous autour d'un banquet et honoreraient les dieux pour les remercier de la victoire. Un instant, il fut tenté de revenir près du cirque, mais il secoua la tête. Il ne servait vraiment à rien dans une arène. Chaque fois, c'était la même chose : il accompagnait les gladiateurs jusqu'au bord de la piste, puis fuyait dès le début du combat. C'était devenu comme un rituel, et même si parfois il se détestait de manquer ainsi de courage, il aurait eu trop peur, en changeant cela, de tenter le destin.

L'image du sable taché de sang s'imposa de nouveau. Il serra les poings et, en retenant sa respiration, s'appliqua à compter les chevaux qui traversaient le pont : s'il y en avait plus de cinq avant qu'il n'étouffe, alors Fulgur serait vainqueur !

Il en était à quatre, les poumons prêts à exploser, lorsqu'il entendit un cri dans les airs : un vol d'hirondelles passa au-dessus du fleuve et, brutalement, obliqua vers la droite[1]. Marcus aspira l'air avec reconnaissance et se leva d'un bond : même si ce n'était pas celui qu'il attendait, ces oiseaux étaient bien un signe envoyé par les dieux. Le cinquième cheval, c'est vrai

1. La droite, la dextre, était considérée comme un bon présage, contrairement à la gauche, la senestre, qui a d'ailleurs donné l'adjectif « sinistre ».

qu'il ne l'avait pas vu, mais ce vol d'hirondelles qui partait à droite, ça, c'était favorable, on ne pouvait pas s'y tromper !

Le cœur allégé, il se dirigea vers le Capitole pour rejoindre celle qui l'accueillait toujours avec plaisir.

CHAPITRE III

La foule hurla. Fulgur se redressa d'un bond et écarta de l'épaule son adversaire, dont la lame venait d'entailler ses protections de cuir. Ce dernier coup n'était pas destiné à donner du spectacle, il avait été asséné pour tuer. Pourtant, le combat venait à peine de commencer ! Il recula de quelques pas et embrassa d'un coup d'œil la silhouette de l'homme qui lui faisait face.

C'était un samnite, la forme la plus ancienne de la gladiature. Depuis peu, Auguste l'avait divisée en *secutores* et en *oplomachi*, mais tous avaient conservé le costume traditionnel de leur caste : casque, bouclier rond, jambière gauche et lourde épée. Ce samnite-là était très grand, et les protections qui couvraient son corps paraissaient particulièrement épaisses. Sa peau était brune, brûlée par un soleil qui n'était pas romain. Fulgur se raidit : mais d'où venait cet homme ? Il chassa vite de sa tête toute pensée étrangère au combat. Surtout ne pas réfléchir, laisser au contraire son esprit entrer dans la peau de son adversaire pour anticiper ses mouvements. Dans l'arène, réfléchir, c'était mourir. Il plia les jarrets et inspira profondément. L'œil enregistrait, et lorsque l'esprit serait prêt, la main frapperait à coup sûr.

Le samnite, d'abord déséquilibré par le coup d'épaule, était de nouveau en garde. Son casque couvrait entièrement sa tête, lui protégeait le nez et la naissance du cou. Seule sa gorge était à découvert. L'homme fit un pas de côté. Il ne semblait pas menaçant, juste déterminé, étonnamment certain qu'il allait remporter le combat.

Cette certitude qui semblait émaner de chacun de ses gestes déconcerta un peu plus Fulgur. Ce type ne respectait pas les lois qui prévalaient chez les gladiateurs. La règle non écrite consistait à se donner en spectacle, à faire rugir la foule, à donner l'illusion du jeu mortel. Ensuite, quand la machine était bien lancée, alors on combattait vraiment, avec des subtilités que les balourds assis sur les gradins ne pouvaient pas comprendre. Mais là, c'était différent. Tout de suite, le grand samnite l'avait choisi au milieu de ses caternaires, et il avait œuvré pour le séparer de son groupe.

Fulgur entendait derrière lui le bruit du combat que livraient ses hommes, les armes qui s'entrechoquaient, les grognements des uns et des autres ; rien d'anormal. Ce qui l'était, c'était le comportement de ce colosse. Il ne fallait pas que la peur trouve une faille en lui, il devait l'éloigner tout de suite et repérer, immédiatement, les points faibles de son adversaire.

Il ne dut son salut qu'à sa rapidité. Pendant que ses idées couraient, son œil avait perçu le frémissement de l'avant-bras, la tension de la cuisse chez le samnite. Par réflexe, il se jeta de côté et roula sur lui-même. La lame de l'épée lui frôla le visage.

– Alors, fillette, tu te dérobes ?

Si Charon, lorsqu'il convoyait les défunts aux Enfers dans sa barque, avait une voix, elle devait ressembler à celle-là : froide, sans la moindre expression d'un sentiment. L'homme ne ressentait ni mépris ni rancune, pas même de la haine. C'était juste une machine à tuer.

Fulgur ne répondit pas et s'appliqua à contrôler son souffle. Ce n'était pas par la force physique qu'il pourrait vaincre. Il fallait attendre la faute, celle qui lui donnerait sa chance. Il fit un nouveau pas en arrière, espérant que l'autre le suivrait dans ce semblant de retraite. Mais le samnite ne bougeait pas, impassible.

L'attaque suivante fut foudroyante : son

adversaire lui bondit dessus, le déséquilibrant d'un coup de son bouclier tout en fauchant le sol de l'épée qu'il tenait de sa main gauche. Fulgur évita de justesse la lame, mais le coup qu'il asséna de toutes ses forces sur la hanche de son assaillant ne sembla qu'effleurer celui-ci. Alors qu'il reprenait son équilibre, une pensée stupide lui traversa l'esprit : « Ce n'est pas un homme, c'est un démon. » Il sentait la sueur lui mouiller les aisselles, et ce n'était pas la chaleur de l'arène qui le faisait ainsi transpirer.

La voix du colosse reprit, comme un souffle infernal :

– Après toi, c'est à ton boiteux de gamin que je trancherai la gorge.

La stupeur faillit clouer Fulgur sur place. Comment pouvait-il savoir ? Il comprit alors que l'enjeu du combat le dépassait largement, et la rage prit le dessus sur la peur. Il se rua sur son adversaire, enchaînant les coups, frappant du plat de l'épée pour rompre l'équilibre et du tranchant pour lacérer les chairs. L'homme parait chacun des coups calmement, sûr de sa force.

Une riposte plus violente que les autres déchira le bouclier de cuir qui protégeait Fulgur. Il se retrouva comme nu, n'ayant plus à la main que son arme, au moins d'un tiers plus courte que celle du samnite. Il ne pouvait en appeler à ses camarades, tous occupés à défendre chèrement leur vie. Il recula encore de quelques pas et, en un éclair, entrevit un carré de chair brune sur l'épaule droite de son rival, à la naissance du cou, entre le bas du casque et le haut de la cuirasse.

Ce qui se passa par la suite, Fulgur ne sut jamais l'expliquer. Il prit son élan, escaladant presque le torse du colosse, et planta jusqu'à la garde sa lame dans ce carré de peau. Le sang lui gicla en pleine figure et une affreuse douleur lui scia la poitrine. Il s'effondra au sol quasi inconscient, tandis que tombait lentement sur lui le corps du samnite, la main gauche agrippée à l'épée que Fulgur venait de planter dans son torse.

– Fulgur est au combat, n'est-ce pas ?

L'avantage avec Flora, c'est qu'elle comprenait vite. Marcus hocha la tête, sans pouvoir répondre. Le seul fait qu'on évoque ce que vivait son père au moment où lui-même venait trouver refuge dans la cuisine de Flora suffisait à faire remonter sa culpabilité. La jeune femme lui jeta un rapide coup d'œil, puis poussa devant lui un bol de lait de chèvre.

– Bois, puceron, ça remet les boyaux en place.

Il avala d'un trait le liquide blanchâtre. Le lait de chèvre, ça n'avait jamais été son fort, mais Flora aurait été capable de le lui verser directement dans le gosier, comme elle le faisait avec les animaux qu'elle voulait engraisser. Il reposa le bol de bois grossièrement taillé sur la table. La cuisine de la maison romaine d'Ovide était une petite pièce située dans les communs, à l'arrière des pièces de réception. En voyant le bol vide, Flora eut un claquement de langue approbateur et tendit au garçon un pilon et un mortier de marbre.

– Pile-moi donc du poivre et de l'origan, je prépare la *cena*[1]. Le maître a des invités et je n'ai guère de temps à perdre. Dis-moi, tu sais si les cerisiers du jardin vont donner ?

Marcus sourit. En plus de ses fonctions de lecteur, il aidait de temps en temps au jardin, dans la propriété dont le poète Ovide avait hérité. C'était un havre de paix situé sur les collines près de la *via* Flaminia, l'une de ces routes qui mènent à Rome. Le garçon mesurait la chance qu'il avait de pouvoir s'en occuper. Il rapportait souvent des fruits et des légumes : le vieux jardinier était gentil et lui accordait ces petits privilèges. Marcus savait que Flora, comme lui, adorait ce jardin et les fruits qu'il produisait.

– Encore quelques semaines, Flora. Surtout que j'ai du souci avec les oiseaux, ils mangent les fruits, même verts, dès que j'ai le dos tourné. J'ai essayé de tendre des filets, mais ça ne marche pas aussi bien que je le voudrais !

---

1. Le repas du soir.

– Ah ! Fais-y attention, tout de même.

Flora soupira et battit vigoureusement les œufs qu'elle venait de casser dans une jatte. Marcus admira ses longs cheveux rassemblés en une natte qui pendait derrière le dos. Malgré ses fonctions de cuisinière, elle veillait à rester élégante.

– Le maître est absent ce matin. Tu veux aller lire ?

Il hocha de nouveau la tête. Pour lutter contre la peur, il ne connaissait pas de meilleur moyen que la lecture.

Flora fit quelques pas, puis se ravisa et se retourna vers le garçon.

– J'ai ouvert un poisson quand j'ai su qu'il y avait un combat au cirque Maximus. Ses entrailles n'étaient pas sales.

Le visage de Marcus s'éclaira.

– Moi, j'ai vu des oiseaux qui tournaient vers la droite.

La jeune femme eut un sourire chaleureux.

– Alors les dieux sont de notre côté. Reste

ici, je vais prévenir Ollion pour la bibliothèque, je reviens.

Marcus regarda Flora s'éloigner vers le péristyle. Il avait du mal à analyser les sentiments qu'il éprouvait pour la cuisinière. Il était toujours heureux de la voir, mais, en y réfléchissant, ce qui dominait, c'était la confiance. Oui, voilà : il avait confiance en elle. Elle était solide, fiable, un peu comme Fulgur mais dans un autre genre. Fulgur répétait souvent qu'elle était comme les chèvres, résistante, gracieuse et terriblement têtue ! Il se demanda si elle percevrait cette image comme un compliment : aux yeux de Fulgur, c'en était un, mais les différentes lectures de Marcus lui avaient montré qu'il y avait des façons plus élégantes de complimenter une femme !

Comme on se sentait bien dans cette maison… Tout y était toujours propre, récuré par la quinzaine d'esclaves qui travaillaient ici du matin au soir. Ovide n'avait pas la réputation d'être un mauvais maître : il ne frappait pas ses gens, et même si, souvent, il les ignorait, ce n'était jamais méchant. Pas comme certains qui n'hésitaient pas à tuer leurs esclaves lorsqu'ils en étaient mécontents. Marcus se souvint d'une histoire racontée par Ursius, celle d'un maître qui, pour nourrir les murènes élevées dans son vivier, n'hésitait pas à jeter de temps à autre un esclave dans le bassin. Non, Ovide n'était pas de ceux-là, et heureusement…

Flora entra de son pas léger dans la cuisine et fit un signe de la main à Marcus.

– Viens, Ollion t'attend et il t'a même préparé un texte. Tu connais la règle : tu t'entraînes à le lire à voix haute, et surtout tu ne touches à rien !

Le garçon se leva d'un bond en se raclant la gorge. Pourvu que ce soit du Virgile ! Au côté de la cuisinière, il traversa un petit jardin avant d'arriver dans le péristyle, la partie de la demeure qu'il préférait. C'était une cour entourée de colonnes, au centre de la maison : pour créer l'illusion de l'espace, Ovide avait fait peindre des paysages sur les quatre murs. On avait l'impression de se trouver au sein de la campagne romaine, entouré d'arbres, avec au loin de douces collines. Les chants qui s'échappaient d'une volière remplie d'oiseaux aux couleurs variées renforçaient cette sensation. Même le sol, avec sa mosaïque qui représentait des guirlandes de fleurs et de fruits, participait au décor !

Une porte, dissimulée dans la fresque, donnait accès à une grande pièce dont les murs étaient couverts de niches de tailles variables. Dans chacune d'elles, des rouleaux de cuir, empilés les uns sur les autres, contenaient les manuscrits de la bibliothèque du poète. Des centaines d'ouvrages grecs, latins – certains aussi dans des langues dont Marcus ne comprenait pas le moindre signe – reposaient là, à portée de main, offrant aux curieux toutes les merveilles de la connaissance humaine. Ollion, l'affranchi[1] chargé de la bibliothèque, avait

1. Esclave libéré par son maître.

déjà disposé un *volumen*[1] sur la longue table placée au milieu de la pièce. Pour l'empêcher de se dérouler, il en avait coincé chaque bord sous deux galets plats. Il accueillit gravement Marcus et lui montra d'un large geste le texte qui l'attendait.

– Virgile, *L'Énéide* : le maître a laissé cela pour toi. Tu dois t'entraîner, il y aura une lecture dans les jours à venir.

Marcus inclina la tête avec sérieux. L'ancien esclave avait été malade plusieurs hivers à la suite et sa voix s'en était trouvée affectée. Ovide avait alors cherché un autre lecteur, et c'était par l'intermédiaire de Flora que l'adolescent était entré à son service. Même s'il avait pris sa place, il savait qu'Ollion l'aimait bien.

Celui-ci pointa son index sur la lampe à huile d'un air menaçant. Les livres craignaient autant le feu que l'humidité, et les consignes

1. Livre sous forme de rouleaux. Le livre relié tel que nous le connaissons n'existait pas encore.

du maître étaient strictes. Marcus acquiesça.

– Ne t'inquiète pas, Ollion, je la sortirai de la pièce pour la souffler, et je viendrai ensuite te chercher pour que tu puisses tout vérifier.

L'affranchi grimaça quelque chose qui ressemblait à un sourire et quitta lentement la bibliothèque. Marcus s'approcha du texte et commença à lire avec bonheur le récit de la fuite d'Énée hors de Troie.

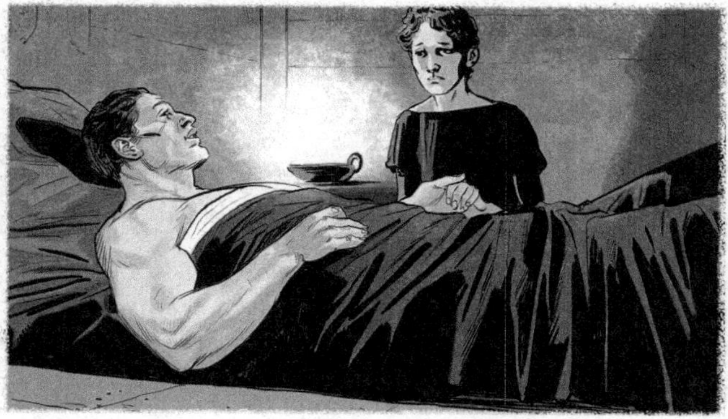

CHAPITRE IV

Marcus reprit en courant le chemin qui menait à la maison des gladiateurs. Il se maudissait d'être resté si longtemps chez Ovide. Il avait appris par Flora, qui le tenait du tavernier, que le combat s'était terminé rudement pour les hommes de l'empereur. Le jeune garçon n'en doutait pas, son père avait encore été victorieux !

Les rues étaient maintenant noires de monde : la chaleur était tombée et chacun profitait de la fraîcheur pour vaquer à ses occupations.

Les litières, ces lits mobiles portés par plusieurs esclaves, encombraient l'espace. Les gens riches se déplaçaient ainsi pour ne pas avoir à affronter la boue et les immondices des voies romaines, et un esclave hurlait le nom du propriétaire pour que la foule le laisse passer. Marcus était devenu très adroit pour se déplacer rapidement dans Rome : malgré sa jambe, il bondissait d'un endroit à l'autre, se faufilait, baissait la tête et rasait les murs pour ne pas interrompre sa progression.

À l'approche du cirque, la foule était de plus en plus compacte. Il contourna donc une *insula*[1] en construction pour attraper un petit raccourci qui le conduirait devant la maison du laniste, à l'arrière de l'arène.

Il aperçut bientôt le porche de la maison qui appartenait à Atticus. C'était là qu'il vivait, avec les autres gladiateurs. La porte était entrouverte et le garçon comprit, avant même d'entrer, que

1. Habitation collective, immeuble.

les choses ne s'étaient pas déroulées normalement. Ursius était assis sur un coffre, la tête entre les mains. Il sentait l'alcool à plein nez. Inquiet, Marcus s'approcha. Le Gaulois jeta sur lui un regard noyé de brume.

– Ah, te voilà enfin… Ça fait longtemps qu'on te cherche. Fulgur a été salement blessé.

Marcus crut que son cœur s'arrêtait de battre. Ses jambes plièrent sous lui et il dut s'appuyer au mur, incapable de prononcer la moindre parole. Le gladiateur posa sa lourde main sur son épaule et le secoua.

– Va trouver ton père. Il veut te parler, il craint de ne pas te voir avant de passer le Styx. Le médecin est avec lui.

L'expression paralysa Marcus. Le Styx, c'était ce fleuve qui séparait le monde des vivants des Enfers. Si Fulgur pensait qu'il allait le traverser, c'était qu'il…

Il fallut la poigne d'Ursius pour qu'il se décide à avancer. Il marcha comme un somnambule en direction de la chambre qu'il partageait avec son père et écarta le rideau de cuir à l'entrée de la pièce. Fulgur gisait sur sa paillasse, le torse enroulé dans des bandes de toile, le visage décoloré. Près de lui, Marcus reconnut Callistos, le médecin grec, le seul qui se déplaçait volontiers, même quand il n'y avait pas d'argent pour le payer. Le Grec l'accueillit d'un rapide sourire, aussitôt démenti par l'éclat sérieux de ses yeux sombres. Le garçon lui demanda d'une voix hésitante :

– Il est… il est comment ? Je veux dire, est-ce qu'il est…

Callistos poussa un soupir.

– Mort ? Non, il ne l'est pas. Il a perdu beaucoup de sang, c'est pour cela que tu le vois si pâle.

Le médecin arrêta d'un geste les questions que Marcus s'apprêtait à lui poser.

– Ne me demande pas s'il va mourir, je ne le sais pas. Il a repris conscience, il t'a réclamé. Je lui ai donné du suc de mandragore pour l'endormir ; il a besoin de toutes ses forces pour que son corps se répare… s'il peut encore le faire. Sois là, à ses côtés. Je te laisse un peu de cet élixir, tu lui en glisseras quelques gouttes entre les lèvres si tu sens qu'il souffre. La plaie est profonde, mais elle est bien propre. Éponge son front et humecte ses lèvres si elles se dessèchent. Courage, mon garçon. Il est solide, et rien ne dit qu'il soit destiné à affronter aujourd'hui Cerbère[1].

La gorge nouée, Marcus le remercia d'un signe de tête. Le médecin lui ébouriffa les cheveux en signe d'affection et disparut derrière le rideau de cuir.

Le garçon s'accroupit près de la couche de Fulgur.

– Je suis là, lui murmura-t-il à l'oreille.

Il vit une ombre de sourire se dessiner sur le visage du gladiateur blessé et, d'un seul coup, se sentit responsable de cet homme qui l'avait élevé. Comme si les rôles s'inversaient, comme

1. Chien monstrueux qui garde l'entrée des Enfers.

si lui, le petit boiteux issu de cette montagne de muscles, devenait le plus fort. Au milieu de sa détresse, cette pensée le réconforta et il serra la main de son père.

La lampe à huile avait depuis longtemps consommé ses réserves de combustible lorsque Marcus se réveilla. Encore engourdi, il réalisa qu'il avait glissé de son tabouret et qu'il avait passé la nuit le front collé contre la paillasse, la main sur le torse de Fulgur. Le gladiateur n'avait guère bougé, mais le garçon eut l'impression que son visage était moins cireux que la veille. Il se leva sans bruit, dans l'idée de trouver du lait de chèvre.

Un faible grognement se fit entendre. En un bond, Marcus était près du blessé.

– Père, tu m'entends ? C'est moi, c'est Marcus. Je suis là, à tes côtés. Tout va bien.

Le malade ouvrit un œil et balbutia :

– B… boi… re.

Marcus attrapa le linge qui trempait dans un

bol de terre cuite et le lui passa sur les lèvres. Le gladiateur téta goulûment le tissu.

– Encore, dit-il d'une voix un peu plus forte.

Obéissant, le garçon recommença son geste.

Fulgur ferma les yeux, épuisé par cet effort. Alors que Marcus s'apprêtait de nouveau à quitter la pièce, il le rappela :

– Marcus… il faut que…

– Silence, Père, le médecin a ordonné que tu te reposes. Tu me raconteras après, quand tu iras mieux.

– Non, c'est…

Le reste de la phrase se perdit dans un râle tandis que ses traits se contractaient sous l'effet de la douleur. Marcus saisit la fiole laissée par le médecin et glissa un peu du liquide qu'elle contenait entre les lèvres du blessé. L'effet ne se fit pas attendre : quelques minutes plus tard, Fulgur dormait.

Le garçon attendit que le souffle du malade s'apaise, puis il sortit de la chambre. Ursius était dans le couloir.

– Alors ? demanda celui-ci avec rudesse.

– Il s'est réveillé, il a pu boire un peu d'eau, mais il semblait très agité. Je lui ai donné la potion du Grec, il s'est rendormi aussitôt.

– Il voulait sans doute te parler, dit le Gaulois après un bref silence.

– Oui, sans doute, mais il doit d'abord se reposer. Je vais lui chercher du lait de chèvre, il y a une vendeuse au coin de la rue. Tu viens avec moi ? Tu m'expliqueras. Tu y étais, toi.

– Non, tu restes là.

Le ton du gladiateur s'était durci. Marcus n'en crut pas ses oreilles.

– Ursius, je vais juste lui chercher du…

– Non, tu restes ici. Je vais aller au *thermopolium* chercher des saucisses et des olives.

Son air grave étonna Marcus. Il voulut plaisanter et demanda :

– Tu penses que je ne sais pas acheter un repas ?

Ursius, occupé à compter les pièces de bronze de sa bourse, ne répondit pas. Le garçon ouvrait la bouche pour insister lorsqu'un bruit de pas résonna. En un instant, Ursius était debout, son poignard court bien assuré dans la main ; il bouscula sans ménagement Marcus, qui se cogna contre le mur.

– Qui va là ? cria le gladiateur.

– Calidromos, tu peux rengainer.

Marcus, ébahi, se frottait le crâne. Mais c'était quoi, cette histoire ? Pourquoi ses amis se comportaient-ils de la sorte ? Ils étaient devenus fous avec la blessure de leur chef ou quoi ? Il vit Ursius tendre ses pièces au nouveau venu et lui murmurer quelques mots à l'oreille. Calidromos acquiesça, puis s'éloigna. Ursius le rappela pour lui demander de ne pas oublier le *garum*, cette sauce faite avec du jus de poisson sans laquelle, selon lui, les plats romains n'avaient aucun goût. Marcus se planta alors devant Ursius et redressa le menton.

– Pourrais-tu m'expliquer pourquoi tu chuchotes à l'oreille de Calidromos ?

– Écoute, moucheron, le chef t'en parlera.

Pour l'instant, tu restes près de lui et tu le soignes.

– Mais enfin, je ne suis plus un enfant ! Je suis grand, je peux tout comprendre !

– Grand ?

Le gladiateur était gentiment ironique. Marcus baissa les yeux. Son nez arrivait à peine au niveau des pectoraux du géant blond, et dans le milieu des gladiateurs seules la taille et la force étaient de vrais arguments.

– Ça va, ne sois pas désagréable.

– Je ne suis pas désagréable, je veux juste que tu restes avec Fulgur. Tu parleras avec lui quand il ira mieux. C'est tout.

Marcus haussa les épaules et écarta le rideau de cuir. Il ne tirerait rien du Gaulois si celui-ci avait décidé de se taire. Il lui fallait attendre que son père se réveille pour comprendre.

La journée se déroula sans événement particulier. Le médecin grec vint voir le malade, vérifia que ses bandages n'avaient pas bougé et lui trouva moins mauvaise mine. Sans un mot d'explication, les caternaires se relayèrent devant la chambre, montant la garde à la porte de leur chef.

Marcus demeura près de son père. Il avait abandonné l'idée de demander aux autres la raison de leur comportement. Il savait qu'il n'y a rien de plus dur que la tête d'un gladiateur, et rien de plus muet que sa bouche. Ces hommes qui risquaient leur vie dans l'arène ne se laissaient pas embêter par le quotidien : ils balayaient les ennuis d'un revers de leurs larges mains, remettant à leur place les choses qu'ils jugeaient sans importance. Tous aimaient Marcus, mais il n'était à leurs yeux qu'un enfant, et à ce titre son avis n'avait pas plus d'intérêt que celui du vieux Némée, le lion mascotte de la compagnie. Et encore, sans doute les gladiateurs prêtaient-ils plus attention aux bâillements de l'animal qu'aux paroles du garçon !

Dans la soirée, l'état du blessé s'améliora sensiblement. Il réclama à manger, ce qui fut salué unanimement comme un pas décisif vers la guérison.

– Un homme qui mange n'est pas mort ! beugla Calidromos en filant chercher de la pâte d'olive, selon lui souveraine contre tous les maux.

Un à un, les gladiateurs passèrent la tête dans la chambre et saluèrent leur chef. Alors que la nuit tombait sur Rome, Atticus en personne vint aux nouvelles : soulagé de la mine renaissante qu'affichait son champion, il distribua quelques pièces avant de repartir.

CHAPITRE V

Flora regarda d'un air dégoûté les entrailles du poisson qu'elle venait d'ouvrir. Voilà deux jours déjà que c'était chaque fois la même chose : les poissons avaient l'air sain, mais lorsqu'elle les ouvrait, elle découvrait un foie gonflé et noirâtre de fort mauvais augure. Elle hésita à apporter l'organe malade à l'haruspice, l'assistant du prêtre du temple voisin : il connaissait les anciennes pratiques et savait interpréter les signes. La zone concernée par la boursouflure était celle de Vesta, la déesse du foyer.

En matière de foyer, elle-même n'avait guère que cette cuisine et la maison de son maître, Ovide. De ce côté-là, tout semblait aller fort bien… À moins que les dieux, souvent imprévisibles, ne s'occupent des inclinations de son cœur, et que cela ne concerne la maison des gladiateurs ? À cette seule pensée, le souffle lui manqua : et si Fulgur… Pourtant, l'avant-veille, les gladiateurs d'Atticus avaient remporté le combat, elle le savait bien, toute la rue en parlait !

La jeune femme sentit son cœur s'emballer. Il fallait qu'elle en ait le cœur net, et le prétexte était tout trouvé : prévenir Marcus de la date de la prochaine lecture publique. Lorsqu'elle annonça à Ollion qu'elle sortait, il approuva d'un signe de tête. Elle passa rapidement dans sa cuisine, prit quelques *spirae*, des bouchées au miel dont Marcus, tout comme Fulgur, était friand, et fila sans demander son reste.

Fulgur était toujours allongé sur sa paillasse.

Les couleurs lui étaient revenues aux joues. Certes, sa blessure tiraillait, mais il savait que c'était bon signe, que les chairs saines se rattachaient entre elles. Cette fois encore, les dieux avaient décidé de lui éviter les champs Élysées. Il espérait bien qu'à sa mort cette région particulière des Enfers l'accueillerait pour passer son éternité en compagnie d'Achille et de tous les grands guerriers. Mais aujourd'hui il en était quitte pour une belle cicatrice, de celles que certaines femmes trouvaient émouvantes et qui lui assuraient un certain succès. Parfois, il laissait une matrone romaine toucher du doigt ces glorieuses marques, moyennant quelques deniers[1]. C'était de l'argent facilement gagné…

Le gladiateur se redressa. Marcus était couché près de lui, sur une vieille natte de coton posée à même le sol. En regardant le garçon endormi, les paroles du samnite lui revinrent en mémoire ; à nouveau il entendit la voix infernale

---

1. Monnaie d'argent romaine qui valait seize as.

prononcer le mot « boiteux » et la peur lui serra le ventre. Fulgur avait tué cet homme loyalement, dans un combat, mais il lui semblait pourtant que son ombre maléfique rôdait dans la pièce. Il fallait parler avec le petit, lui dire la vérité, lui raconter la Gaule et ce petit matin, lors de son arrivée à Rome… Oui, il était temps maintenant. Il lui manquait juste une chose : le courage de le faire.

Fulgur poussa un soupir à la pensée de ce qui l'attendait. Alors que de sombres pensées l'envahissaient, un rire frais lui parvint aux oreilles. D'une main fébrile, il tenta de mettre un peu d'ordre dans sa tenue : Flora arrivait et elle allait le voir alité, sale, les cheveux luisants et doté d'une haleine de murène ! Il se trémoussa tant que Marcus finit par s'éveiller. En un instant, il fut sur le qui-vive :

– Père, tu as mal ? Pourquoi bouges-tu ainsi ?

– Flora est là, je viens de l'entendre dans le couloir ! Vite, arrange ma couche !

Le jeune garçon en resta saisi. Hier encore,

son père peinait à vivre, et voilà que par l'entremise magique de Flora il retrouvait intacte sa capacité à donner des ordres ! Avec un sourire en coin, il l'aida à s'asseoir.

Quelques secondes plus tard, Flora était au seuil de la porte. Un rapide coup d'œil lui suffit pour comprendre que ses craintes étaient justifiées : Fulgur avait été blessé au combat. Si elle maîtrisa le tremblement de sa voix, elle ne put empêcher ses joues de perdre leur couleur naturelle.

C'est en voyant sa pâleur que Marcus comprit la vérité : Flora aimait son père. Il n'y avait qu'à la voir, accrochée à l'anse de son panier de jonc, comme paralysée. Pour une fois muette, elle gardait les yeux rivés sur Fulgur. Ce n'était plus la cuisinière, qui régnait dans son empire comme sur un bataillon et dont personne n'aurait pensé à contester l'autorité. Là, les yeux agrandis par la peur, c'était une femme, jeune encore, dont l'ami très cher avait été gravement blessé sans qu'elle n'en sache rien.

Marcus fit quelques pas vers elle et lui prit gentiment la main.

– Il va mieux, tu sais. Il a été blessé pendant que j'étais chez ton maître, à préparer la lecture.

– Mais pourquoi ne m'as-tu rien dit ? articula Flora, la voix d'une octave plus haute qu'à l'ordinaire.

Visiblement, ce n'était pas au garçon que la question s'adressait. Fulgur s'agita, puis finit par bafouiller :

– Entre, Flora, que les dieux… euh, bénissent ta venue, oui, c'est ça.

– Je ne savais pas que tu étais blessé ; en fait, je venais voir Marcus pour le prévenir que… euh… Ollion voudrait qu'il revienne pour…

Fulgur se tortillait comme un ver coupé, Flora racontait n'importe quoi : le ridicule n'était pas loin. Marcus prit les choses en main et dit, d'un ton qu'il s'efforça de rendre naturel :

– Ollion veut que je prépare de nouveau la lecture ? Il a raison, il est vrai que mon élocution n'est pas toujours parfaite.

Flora sembla sortir d'un rêve et répondit précipitamment :

– Oui, je le lui dirai, il sera content de voir que tu prends ton travail à cœur.

Sans transition, la jeune femme lui tendit le panier qu'elle avait apporté et ajouta :

– J'ai apporté des spirae, je les ai faites ce matin.

Marcus sentit qu'il devait s'éclipser, sinon il était bon pour jouer les interprètes entre ces deux grandes cruches poreuses qu'étaient son père et Flora. Il regarda le panier, soupira à la vue des bonnes bouchées moelleuses qui, sagement rangées au fond, n'attendaient que ses doigts pour être saisies, et s'admira un instant pour son héroïsme. Il fit mine de s'étirer, puis il lança à la jeune femme :

– Père ne peut pas se lever, et il faut que j'aille au cirque. Je te laisse t'occuper de lui. À tout à l'heure, Flora.

Quand il quitta la pièce, il croisa Ursius. Ce dernier releva ses sourcils broussailleux d'un air comique tandis que Marcus répondait en haussant les épaules. Après tout, ils étaient grands, et ce n'était pas à lui de s'occuper de ce genre de choses.

Alors qu'il gagnait l'entrée, la main du colosse gaulois l'arrêta.

– Où vas-tu ?

– Faire un tour au cirque Maximus. Cela fait deux jours que je n'ai pas vu Némée, il va croire que je l'abandonne.

– C'est juste. Mais pas tout seul.

– Tu plaisantes ?

Voilà qu'Ursius se remettait à jouer les gardes prétoriens[1] ! Marcus décida d'en avoir le cœur net.

– Je voudrais bien que tu sois clair ! Hier, tu as failli m'assommer en entendant un bruit dans le couloir ; aujourd'hui, tu refuses que je sorte seul... Tu penses que je suis trop stupide pour comprendre quand on m'explique ?

1. Garde rapprochée de l'empereur.

Le Gaulois parut embarrassé. Il plissa le front dans un grand effort de réflexion, puis finit par bougonner :

– Petit, c'est pas vraiment à moi de t'en parler, ton père le fera mieux que moi, mais bon, là, y'a la Flora, alors… Heu, bon, ce combat, avant-hier, il était pas normal.

Ursius se gratta énergiquement la tête. Dans quelle situation était-il ! Obligé de faire des grandes phrases pour tourner des choses sans dire l'essentiel, c'était plus fatigant qu'aller cogner sur les mannequins de bois… Il fit quelques pas en arrière et frappa contre une cloison. Une tête surgit aussitôt derrière le rideau qui tenait lieu de porte : c'était Félix, un des caternaires, qui occupait cette chambre. Ursius montra Marcus du pouce et grommela qu'il l'accompagnait au cirque. Félix hocha la tête, et la seconde suivante il se glissait, tout armé, dans le couloir devant la chambre de Fulgur. Rassuré, le Gaulois se tourna vers son jeune ami et l'entraîna dehors.

CHAPITRE VI

La jeune femme s'était assise sans façon près du lit de Fulgur. Elle le fixait en silence, mais il perçut clairement ses reproches.

– Flora, on m'a ramené inconscient de l'arène et, à dire vrai, je n'ai pas compris ce qui m'arrivait. Crois-moi.

Elle cligna des yeux un instant, tant pour chasser ses larmes naissantes que pour éloigner les images horribles qui naissaient sous ses paupières.

– Tu aurais pu mourir, et je ne l'aurais même pas su.

– C'était important pour toi de le savoir ?

Le cœur de Fulgur battait à tout rompre comme il posait cette question. Là, elle ne pouvait pas mentir, il fallait qu'elle réponde ! Elle serait bien obligée de lui dire si elle l'aimait, et alors il arrêterait enfin de se comporter comme un adolescent boutonneux !

Au moment où Flora ouvrait la bouche, Félix glissa sa grosse tête derrière le rideau, paré d'un large sourire qui laissa apparaître des trous dans sa dentition. Tandis que Fulgur maudissait en silence cet ahuri qui arrivait toujours quand il ne le fallait pas, Flora bondit sur ses pieds pour le saluer. Elle s'approcha et observa de près sa mâchoire.

– Ça date du dernier combat ?

– Heu, non, Flora, en fait, *ch*'est pas *ch*a.

– Pardon ?

– *Ch*'est pas *ch*a, *ch*'est pas au combat. Je *ch*uis tombé dans l'e*ch*calier.

La jeune femme, qui gardait à grand-peine son sérieux, finit par éclater de rire. Un peu vexé, Félix regarda Fulgur avec une moue de désapprobation. Mais pourquoi riait-elle, cette grenouille ? Même le meilleur des gladiateurs pouvait faire un faux pas dans un escalier ! Devant le demi-sourire qu'affichait son compagnon, Félix rabattit le rideau de cuir et reprit sa garde d'un air boudeur, tout en songeant qu'on n'était jamais trahi que par les siens.

Flora regarda la montagne de muscles disparaître et fut sujette à un nouvel accès de gaieté.

– Je suis désolée, Fulgur, j'ai dû terriblement le vexer. Mais voir son sourire édenté et l'entendre parler, c'était trop pour moi, je n'ai pas pu me retenir ! Il est vraiment tombé dans un escalier ?

Ses yeux étincelaient du rire qui la secouait. Le gladiateur pensa qu'elle était encore plus jolie ainsi, les joues rosies par la joie. Pour échapper à l'émotion qui l'étreignait de nouveau, il lui répondit en riant lui aussi :

– Oui, il est vraiment tombé dans un escalier… mais pas tout seul ! Il a été poussé par un mari jaloux et, manque de chance pour lui, le type en question s'entraîne tous les jours à l'harpaste[1]. Autant te dire que, tout fort qu'il est, Félix n'a dû son salut qu'à sa rapidité et au fait que le mari ne l'a pas reconnu à cause du sang qui barbouillait son visage !

Le récit amusa beaucoup Flora, et pourtant une ombre ternit le bonheur qu'elle éprouvait à partager cet instant avec Fulgur. Pouvait-on compter sur ces gladiateurs qui multipliaient les aventures ? Elle secoua la tête et retrouva son sérieux pour exiger les détails du combat. Fulgur se rembrunit, mais il raconta la scène, sans omettre un seul détail.

Quand il eut fini, Flora resta d'abord silencieuse.

– Cet homme savait tout. Et Marcus ? demanda-t-elle enfin.

– Non, soupira Fulgur, je ne lui ai rien dit. Je crois qu'il serait temps de…

1. Jeu en salle très physique dans lequel les joueurs rattrapaient à la volée une balle bourrée de sable et qui se déroulait dans les palestres, des salles de sport.

Il regarda la jeune femme. Le rose avait déserté ses joues, et elle le fixait maintenant de ses grands yeux bruns. C'est elle qui acheva sa pensée :

– … de dire à ton fils la vérité sur ses origines ?

– Oui.

– Je le crois aussi. Il est grand, il vit au milieu de gens qui connaissent mieux que lui-même son passé. Ce n'est pas sain, et tu le sais bien, conclut doucement Flora, comme si le ton de sa voix atténuait la portée de ses propos.

Fulgur leva les mains vers le plafond d'un air désolé. Ce geste amena une grimace sur son visage. La plaie était encore fraîche.

– Mais comment lui raconter ça ? C'est… difficile !

– Raconte-le-lui comme tu me l'as raconté. Simplement. Et fais-le dès qu'il rentrera, ne tarde pas.

Elle se pencha vers le gladiateur et lui effleura une joue de ses lèvres.

– Je reviendrai te voir ce soir. Ne mange pas toutes les spirae, laisses-en pour Marcus !

Arrivée à la porte, elle lui adressa un signe de la main, puis s'en alla.

Fulgur se gratta la tête. Elle avait raison, comme toujours. Bien sûr qu'il fallait qu'il parle à Marcus des circonstances de sa naissance. Il savait depuis longtemps que ce jour-là viendrait. Mais entre y penser et le faire, il y avait bien la largeur du Tibre… Félix l'entendit remuer et repassa la tête derrière le rideau de cuir.

– *Ch*a va ?

– Pas mal. Quand Marcus rentrera, tu me l'envoies ?

– Tu t'es dé*ch*idé ?

– Oui.

– Bon.

Comme toujours, les échanges étaient réduits au strict minimum et ce n'était pas seulement dû aux difficultés d'élocution de Félix. Depuis le temps que les deux hommes combattaient ensemble, ils se connaissaient suffisamment pour éviter de gaspiller leur salive. Mais Marcus, lui, avait toujours besoin d'être sûr qu'il avait bien saisi les choses. Fulgur sentit que la journée serait longue.

– Ursius, tu vas rester longtemps attaché à mes sandales ? Au cirque, tu es resté près de moi pendant que je soignais Némée, tu as attendu que j'aie tout fini et maintenant tu me ramènes à la maison ? Passe encore quand j'avais huit ans, mais je suis quand même en âge de me débrouiller, non ?

– Non.

La réponse était tellement brève que Marcus s'arrêta net, provoquant une bousculade derrière lui. Ursius l'attrapa sans ménagement et lui fit faire trois pas d'un coup.

– T'arrête pas comme ça, tu gênes tout le monde, et puis c'est le moment où les voleurs en profitent. Avance, je te dis, il faut qu'on rentre.

Marcus se remit en marche. Inutile d'essayer de parler avec Ursius, qui avait en matière d'explication la politique du congre, ce poisson dangereux qui se cache dans les rochers : ne pas bouger et mordre au premier mouvement. Il en discuterait directement avec son père, et cette fois exigerait des éclaircissements. Après la venue de Flora, il serait sans doute mieux.

C'est en retournant ces pensées que Marcus rentra dans la maison du laniste, toujours suivi d'Ursius qui n'avait plus dit un mot. Dès son arrivée, il fila voir son père. Félix était à son poste devant le rideau, assis sur un tabouret qui semblait plier sous son poids. Il accueillit Marcus de son sourire édenté et lui déclara que son père allait mieux, surtout depuis le pa*ch*age d'une *ch*ertaine femme qui avait un profil à plonger dans le *Ch*tyx et qui en plus…

– Félix, tais-toi, tu fais plus de bruit que mille ruches ! brailla Fulgur, de l'autre côté du rideau. Jupiter m'assiste, tu ne crains pas d'arroser tout le quartier avec tes postillons ?

– Je *ch*ais *ch*e que je dis et…

– Mais tais-toi donc, grande bique cornue,

tu veux donc m'achever ? Entre, mon fils, entre, il reste des spirae !

Fulgur était gai et sa voix claire. Marcus s'en réjouit et poussa le rideau.

– Te voilà. Tu as été bien long…

– Je suis allé au cirque, il fallait que je m'occupe un peu du lion… Comment te sens-tu ?

– Ma foi, les choses ne vont pas si mal, vu sous un certain angle. Mais assieds-toi, fils.

Le ton avait brutalement changé. Marcus comprit qu'il allait entendre le récit du combat. Fulgur le lui raconta posément, puis insista sur la phrase qui concernait son fils.

– Il connaissait ton infirmité, Marcus.

Celui-ci était sans voix. Pourquoi l'évoquer, lui, incapable de manier la moindre arme, dans ce combat de Titans ? Il cligna des yeux nerveusement en regardant son père, et se massa machinalement le genou.

– Mais enfin, Père, c'est idiot, qu'est-ce que je viens faire là-dedans ?

– Je l'ignore, Marcus, mais le hasard n'existe

pas, ce sont toujours les dieux qui commandent à nos vies. Il est temps que tu saches certaines choses, sur toi comme sur moi.

Fulgur prit une grande inspiration. Les yeux fixés sur le coin de ciel qui apparaissait dans la lucarne, il commença son récit.

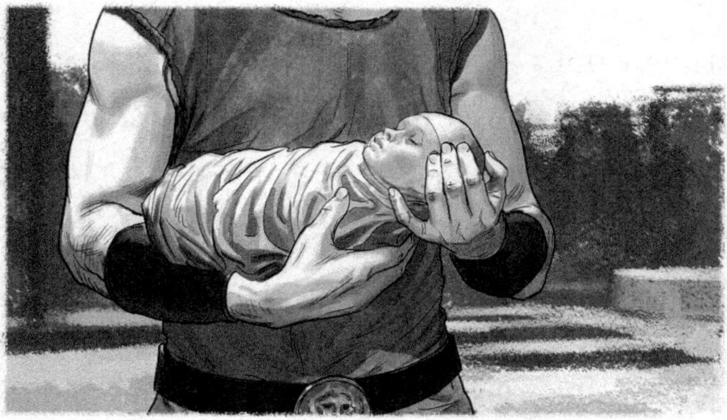

CHAPITRE VII

– Tu n'as pas idée, Marcus, de ce qu'est une vie de soldat. Ici, tu trembles lorsque j'entre dans l'arène, et je vois bien dans tes yeux que tu ne comprends pas. Mais quand je foule le sable de mes pieds, les règles sont claires : je suis là pour tuer ou être tué, loyalement. Chacun a un rôle et des armes définies : le belluaire lutte contre les bêtes féroces, le thrace combat avec sa *sica*[1]. Le rétiaire, lui, n'a que son filet et son

1. Dague dont la lame tranche des deux côtés.

trident pour survivre. Le peuple veut des victoires, mais aussi du sang, comme si ce sang qui inonde le sable de l'arène purifiait la société de ses maux. Quand tu es soldat, les choses ne sont pas aussi claires : bien sûr, tu combats pour Rome, mais devant toi meurent des innocents, des femmes, des enfants, des êtres dont la seule faute est de naître hors des murs de la Cité. Et c'est ce prétendu crime qu'ils lavent en répandant leur sang sur nos armes…

Fulgur ferma les yeux un instant, comme si le rappel de cette vie passée faisait se lever dans ses souvenirs des ombres imprécises. Marcus se taisait. Le dos contre le mur, il avait entouré ses genoux de ses bras, ultime protection devant les mots qui allaient suivre. La tension dans la voix de son père ne pouvait pas le tromper : il y avait bien une suite qui le concernait et la douleur qui affleurait dans certaines intonations montrait qu'elle ne serait pas belle.

Fulgur s'éclaircit la voix et raconta, tant pour son fils que pour lui-même, ce qu'avait été sa vie pendant de nombreuses années. Le fonctionnement de la légion et des cohortes, les batailles, les centurions, les pillages ; une vie de soldat au service de Rome, avec les marches forcées, la boue qui durcissait les vêtements, la lente transformation en machine à tuer.

– Le métier de soldat me convenait bien, mais c'est en Gaule que ça a mal tourné. Un soir, j'ai quitté le campement pour me rendre dans un village. J'avais passablement bu, j'étais en colère parce que j'avais perdu une bonne partie de ma solde en jouant aux dés, comme un imbécile. Je voulais du tissu pour rapiécer mes vêtements. Les Gaulois savent tisser de belles pièces, fort solides : j'espérais en négocier une pour trois fois rien.

« En arrivant, je vis que le village avait été en partie incendié ; seules quelques maisons restaient encore debout. Je suis entré dans l'une d'elles, en poussant du pied le cadavre d'une femme étendue sur le sol. La maison avait échappé à l'incendie, pas au pillage : à l'intérieur, tout était renversé, les couvercles des coffres arrachés, la vaisselle brisée. Je n'y ai pas prêté attention, c'était tellement banal… Près d'un lit de sangles, j'ai aperçu une pièce d'étoffe. Je me suis penché pour la saisir, lorsque j'ai entendu un bruit derrière moi : avant même de regarder, j'ai dégainé mon épée et je me suis retourné en faisant un demi-cercle avec le tranchant de ma lame. Le bruit que j'avais entendu, c'était les pas d'un enfant. Il avait peut-être dans les dix ans. La lame lui avait tranché la gorge et il gisait là, à même la terre battue, le sang giclant à grands jets de sa blessure. Mon arme est tombée au sol, et moi à genoux devant lui, la pièce d'étoffe à la main pour arrêter le sang. Terrifié, il a tenté de ramper pour m'échapper, puis il est mort.

«Je suis resté par terre, assommé par mon acte. D'un seul coup j'ai regardé ma vie, et j'ai vu ce que j'étais devenu. C'est à ce moment que Félix est entré à son tour. Sans un mot, il a caché le cadavre de l'enfant, m'a attrapé par les épaules pour me pousser hors de ce lieu maudit. J'étais couvert de sang, il m'a amené à la rivière. Quand j'ai pu lui raconter ce qui venait de se passer, il m'a écouté calmement, et il m'a dit que le moment était venu pour moi de partir. Il a ajouté que les dieux fixeraient eux-mêmes le prix de la vie de cet enfant. Alors j'ai quitté la Gaule : mon temps était fini, mon centurion m'a laissé faire.

« J'ai pris la direction de Rome. J'ai beaucoup prié les dieux de m'éclairer pendant ces semaines de marche, mais mes pieds avaient beau être en sang et mon âme rompue, ils restaient sourds à mes appels. C'est par la voix d'une vieille, près d'une fontaine, alors que j'approchais de la Cité, qu'ils m'ont enfin parlé. Je venais de franchir difficilement les Apennins et j'atteignais la plaine ; ma peau était brûlée par l'altitude et mes yeux larmoyaient. Au cœur d'un village, j'ai vu cette fontaine : je me suis écroulé en arrivant, épuisé.

« Quand j'ai rouvert les yeux, il y avait une vieille femme penchée sur moi, une soucoupe à la main, dans laquelle elle trempait un tissu.

Je voulus parler, mais elle me dit de me taire et continua de me tartiner le visage d'une graisse blanchâtre. Quelques jours après, je réussis à me voir dans un plat d'étain poli : une figure de cauchemar. La Gorgone en pire, je crois. La vieille, ça ne lui avait pas fait peur. Elle m'avait ramené chez elle, et elle m'a nourri. Puis, un jour, elle m'a déclaré que j'étais redevenu un homme et que je pouvais rentrer chez moi.

«Je ne savais comment la remercier. Elle a tout refusé, elle m'a juste dit qu'avec moi elle avait payé sa dette, qu'elle avait racheté la vie qu'elle avait supprimée. Sur le moment, je n'ai pas compris. Mais quand j'ai vu au loin les collines de Rome, j'ai saisi le message que les dieux venaient de m'envoyer : en me sauvant la vie, cette femme avait "payé sa dette" ; il fallait que je paie la mienne, moi aussi. Je suis allé dans un temple et j'ai promis à la déesse Junon que je sauverais le premier enfant exposé[1] qui serait

1. Abandonné dans un lieu public.

sur mon chemin, quel qu'il soit. En prenant la via Flaminia en direction de Rome, je t'ai trouvé. Posé sur un autel, nu, le visage déformé par les larmes, tu hurlais. Ton pied faisait un drôle d'angle avec ta cheville. J'ai su que les dieux m'offraient le moyen de me racheter.

Pendant ce long discours, le regard de Fulgur n'avait pas quitté le rectangle de ciel qui paraissait dans l'ouverture du mur. Marcus, sous le choc, dévisageait son père. Il sentait ses paroles entrer en lui, douloureusement, comme autant d'épines qui lui déchiraient les chairs. Le silence s'était installé dans la petite pièce. Un toussotement, dans le couloir, les fit sursauter. Fulgur eut un sourire triste et devança la question de son fils :

– Bien sûr que Félix est au courant : nous étions, lui et moi, dans la même cohorte. Quand il est rentré à son tour, il m'a cherché partout, et quand il t'a vu, il a compris que les dieux avaient fixé leur prix. Je vivais de petits travaux à l'époque, il m'a présenté Atticus et je suis devenu gladiateur. Puis les autres nous ont rejoints.

Marcus restait muet. Il se sentait comme étranger à lui-même face à la réalité de sa naissance. Ainsi, cette histoire qu'il nourrissait en secret depuis des années était fausse, sa mère, cette longue silhouette brune dont il rêvait parfois, l'avait purement et simplement abandonné. Et son père n'était pas son père. Il n'était rien, un rien hurlant déposé nu sur un autel, condamné à une mort certaine, et sauvé parce qu'un meurtrier voulait se faire pardonner des dieux. Un rire amer monta à sa gorge, mais il le refoula. Il lui fallait partir d'ici, sortir de cette pièce dans laquelle il étouffait. Il se leva et, la tête baissée, dit seulement :

– Je vais à la ménagerie, le lion… a… besoin de moi.

Les mots sortaient difficilement. Fulgur tenta de se redresser, mais une grimace de douleur le rejeta sur sa couche. Marcus vit clairement sa souffrance, mais il ne s'approcha pas. Ce qui était si simple, si naturel avant, devenait soudain très compliqué. Il recula, les yeux maintenant bien fixés dans ceux du blessé, et se retourna brusquement quand il atteignit le rideau de cuir. En une fraction de seconde, il était hors de la chambre, évitant Félix qui lui faisait face.

Le bruit de sa course irrégulière retentit dans la maison, puis une porte claqua. Félix passa la tête dans la pièce.

– Au cirque ! articula Fulgur.

L'instant d'après, en un grognement, le gladiateur se jetait sur les traces de Marcus, non sans avoir donné au préalable un vigoureux coup de poing dans la cloison pour avertir Ursius. Le géant gaulois comprit que les choses avaient mal tourné et s'installa près du lit de son ami, en lui prenant maladroitement l'épaule.

CHAPITRE VIII

Une fois de plus, Marcus courait dans les rues de Rome, laissant ses empreintes irrégulières dans la poussière sèche des rues. Félix le suivait de loin, attentif à ne pas perdre sa trace, sans pour autant se faire repérer.

Le garçon fuyait, ignorant la douleur qui montait de sa jambe malade. Il fuyait comme s'il pouvait laisser derrière lui les paroles qui avaient été prononcées et qui rayaient, d'un seul coup, presque quatorze années de vie. Une phrase lui martelait les tempes, rythmant de ses quatre syllabes le bruit de ses pieds sur le sol : « Je t'ai trouvé. » Aucune autre pensée ne pouvait se frayer un passage dans son cerveau. Trouvé comme un objet, une chose abandonnée. Abandonné…

La silhouette massive du cirque apparut à l'angle d'une rue et Marcus ralentit sa course pour reprendre haleine. Il voulait arriver d'un pas tranquille, sûr de lui, en habitué des lieux. Il voulait rester seul. Et pour cela, il ne fallait pas qu'on lui pose de questions. Il contourna le bâtiment et emprunta l'entrée des gladiateurs, devant laquelle somnolait un gardien, le *servo ab admissione*. L'homme ouvrit vaguement un œil à son passage et le salua d'une main molle.

Marcus obliqua vers la droite, puis poussa de l'épaule une lourde porte qui débouchait en haut d'un escalier. Il sentait déjà l'odeur du *vivarium*, une odeur puissante de bêtes fauves à laquelle se mêlaient des relents de viandes pourries. On racontait qu'un condamné, amené là juste avant d'être jeté dans l'arène au milieu des lions, en était mort de saisissement. Marcus descendit les marches pour atteindre la galerie dans laquelle étaient enfermés les animaux.

Il y avait peu de pensionnaires, la plupart ayant été tués lors des dernières *venationes*, ces chasses qui se déroulaient dans l'arène et où les condamnés trouvaient la mort sous les griffes des bêtes sauvages. Seule une panthère noire avait évité le sacrifice, parce qu'elle devait mettre bas sous peu et qu'il était plus intéressant de garder les petits jusqu'à ce qu'ils puissent à leur tour être utilisés pour un spectacle. Quand Marcus passa, elle retroussa ses babines en un feulement qui n'avait rien d'aimable. Il s'écarta de la cage : les barreaux étaient largement espacés et les accidents survenaient vite, pour peu qu'on manque d'attention.

Il longea les râteliers, où étaient entreposées les armes : depuis la révolte de Spartacus, l'esclave gladiateur qui avait menacé Rome, elles n'étaient accessibles aux combattants qu'au moment d'entrer dans l'arène, et protégées par des portes grillagées. Du coin de l'œil, il aperçut la plaque qui désignait celles appartenant à Fulgur et son cœur se serra.

Enfin, au bout de la galerie, il contourna la cage de Némée, le vieux lion, et atteignit les coupes en métal qui servaient à brûler du parfum pour masquer les odeurs lors des spectacles. Il savait qu'il y avait là un recoin tranquille où il pourrait se cacher. Il attrapa une botte de foin, puis, se glissant derrière les coupes, la jeta au sol, entre la cage du fauve et le mur. Dans ce réduit, il serait tranquille et échapperait sans doute quelques heures aux recherches que Fulgur ne manquerait pas de lancer, si ce n'était déjà fait.

Fulgur… Comment allait-il l'appeler à présent ? « Père », ce n'était pas possible, ce n'était pas son père. Son père, c'était… qui, au fait ? Et sa mère ? Qui étaient ces gens qui l'avaient contemplé le jour de sa naissance, pour ensuite l'abandonner, l'exposer à la compassion publique, sans plus se soucier de son sort ? Parce qu'il était bien né quelque part ; et il avait bien fallu qu'on le mette dans un drap, puis qu'on l'abandonne, seul sur cette roche plate, et qu'on parte, vite, sans écouter ses cris ! Il avait crié, il en était sûr, un bébé, ça crie, ça pleure, même les petits fauves piaillent quand on les sépare de leur mère ! Sa mère… Il en avait forcément une, mais quelle créature avait si peu d'entrailles pour abandonner ainsi son enfant ? C'était à cause de sa jambe, évidemment, sa mère l'avait regardé et alors elle avait décidé qu'il ne pouvait pas vivre, en tout cas pas avec elle !…

Les larmes vinrent à temps pour libérer sa peine, et il sanglota, la tête enfouie dans ses bras, recroquevillé derrière la botte de foin. Il pleura longtemps, laissant les larmes couler le long de son visage puis de son cou. Il glissa ensuite dans une sorte de torpeur, pas tout à fait endormi mais pas vraiment réveillé, en essayant de comprendre les conséquences des derniers événements.

C'est une langue râpeuse qui le sortit de cette étrange somnolence : Némée, le vieux lion de la ménagerie, avait glissé le bout du museau entre les épais barreaux de sa cage et lui léchait consciencieusement les mollets. Marcus sourit malgré son chagrin. Ce lion, magnifique spécimen qui faisait la terreur des badauds quand on l'exhibait dans sa cage pour annoncer les venationes, était né entre ces quatre murs et avait été nourri par les gladiateurs du cirque. Un jour, un laniste avait voulu l'utiliser contre un condamné : une fois dans l'arène, il avait fait demi-tour et s'était tranquillement assis devant la porte qui menait à la ménagerie. Les hommes l'avaient titillé en le poussant du trident, stupéfaits de voir son absence d'agressivité. Peine perdue ! Le lion refusait de se battre. En désespoir de cause, et parce que l'animal était d'une grande beauté, Atticus avait proposé que le cirque le garde comme mascotte des gladiateurs.

Désormais, Némée coulait des jours heureux,

surtout depuis que Marcus s'occupait de lui : très vite, l'enfant et le fauve avaient noué des liens particuliers.

Le garçon s'appuya sur un coude et contempla l'animal. Approchant doucement sa main, il lui gratta le front.

– En fait, c'est pour ça qu'on est amis, toi et moi. Toi aussi, tu es seul, murmura-t-il.

Un grondement souple, presque un ronronnement, lui répondit. Le lion entrouvrit ses yeux mordorés et le fixa. Marcus baissa aussitôt le regard : il avait appris très vite que l'amitié du fauve ne protégeait pas de sa colère, et qu'un regard direct était un défi. Le grondement souple, rythmé, continuait, comme une conversation que l'animal nouait avec le garçon. Marcus gratta plus fort la bande qui plissait au-dessus du mufle, et, peu à peu, diminua la cadence : le fauve roula sur le côté, comme engourdi.

La seconde d'après, il était debout, si soudainement que la main de Marcus heurta un barreau. Son cri de douleur fut couvert par le grondement du lion. Plus rien d'aimable dans le son qui sortait de ses flancs puissants.

Marcus se redressa et regarda dans la direction qu'indiquait la gueule de Némée. Il crut apercevoir une silhouette, puis entendit un bruit métallique qui l'intrigua : il se leva en silence et distingua cette fois un homme qui ouvrait les portes grillagées de l'armurerie. Il semblait chercher quelque chose dans les armes posées sur les râteliers. Marcus détailla la personne, qui lui tournait le dos, mais ne reconnut aucun de ceux qui travaillaient habituellement dans le cirque. Il possédait les clefs de l'armurerie ; pourtant, ce n'était pas un gladiateur ni un laniste. Quant aux esclaves, Marcus les connaissait tous ! Il s'apprêtait à le héler, lorsqu'un mouvement de l'inconnu fit bouger sa cape et découvrit l'éclat d'un long poignard. Le garçon se tapit dans sa cachette, retenant son souffle.

Au bout de quelques minutes d'hésitation, l'individu décrocha l'épée favorite de Fulgur.

Marcus étouffa un juron : il fallait absolument qu'il l'empêche de s'en emparer ! Pendant qu'il se creusait la cervelle, l'homme reposa l'arme et sortit de sous sa cape une bourse ainsi qu'un autre objet difficile à identifier. Il ne savait que faire : l'inconnu, grand et bien bâti, était armé. Pour donner l'alerte, il devait passer devant lui… Marcus évalua ses chances : avec sa patte folle, elles étaient presque nulles ! Il risqua de nouveau un œil en direction du voleur, qui venait d'extraire de la bourse une paire de gants de peau.

La jambe du garçon le faisait souffrir et sa position devenait de plus en plus inconfortable. Il tenta d'en changer discrètement, mais il perdit l'équilibre et heurta une coupe, qui tomba contre la cage du lion avec un bruit de tonnerre. Au centre de la galerie, l'homme se retourna d'un bond, reposa rapidement l'arme de Fulgur dans le râtelier, puis, la main posée sur le poignard qui pendait à sa ceinture, avança vers la cage du vieux lion. Marcus vit tout cela de son refuge, et chercha des yeux une issue. Mais rien, il n'y avait rien ! Décidé à vendre chèrement sa peau, il se coula contre le mur et empoigna la tige de la coupe la plus proche. L'intrus était tout près. Marcus entendit le bruit de ses pas, le raclement de ses sandales légères contre les dalles de pierre qui recouvraient le sol, puis ce fut le silence. Le cœur battant à tout rompre, il resserra ses doigts autour de la tige de métal.

Quelques secondes plus tard, il était plaqué contre le mur, et un long couteau menaçait sa gorge. Marcus n'avait même pas eu le temps de réagir. De son assaillant, il ne distingua que deux yeux noirs, froids, insondables. La pression contre son torse s'accentua, une main s'écrasa contre sa bouche et il comprit que l'air allait lui manquer tandis que la lame du couteau entamait sa chair. Il sentit l'odeur de son propre sang, qui coulait lentement le long de son cou, et pensa, comme au ralenti, que c'était la fin.

CHAPITRE IX

Après avoir vu Marcus entrer dans le cirque, Félix s'était senti un peu rassuré. Il s'était dit qu'une nouvelle visite à Némée ferait sans doute beaucoup de bien au garçon et en avait profité pour s'installer dans la taverne la plus proche. Il s'y était rapidement fait quelques amis, de ceux que l'on rencontre autour d'une chope bien fraîche. Les conversations se succédaient, récits d'anecdotes de soldats, de combats, descriptions de femmes – toutes plus belles et plus généreuses les unes que les autres.

Une atmosphère bien masculine, simple, dans laquelle le gladiateur était heureux. Le temps passait, le vin descendait et le jeune garçon ne ressortait toujours pas du cirque.

Félix n'avait plus un as en poche et décida de raccompagner le petit à la maison. Même s'il râlait – et pour sûr il allait le faire ! – eh bien, il le collerait sur ses épaules et le ramènerait chez son père. S'il n'était pas content, ce serait pareil, parce que tout de même, quand on est gladiateur et qu'on a combattu en Gaule, on n'est pas prêt à se laisser dicter sa conduite par un marmot qui boit encore du lait de chèvre ! Il se leva et résuma ses idées d'une voix un peu pâteuse. À sa grande satisfaction, il fut bruyamment approuvé par l'assistance, qui n'avait pas la plus petite idée de ce à quoi le buveur faisait référence mais qui était, au vu de sa carrure, décidée à applaudir la moindre de ses paroles. Le combattant atteignit la porte, hoqueta fortement et s'ébroua avec la grâce d'un cheval de trait. D'un pas décidé, il se dirigea vers l'entrée du cirque et apostropha le gardien qui somnolait à l'entrée :

– Fi*ch* des Enfers, tu l'as vu pa*ch*er, l'enfant ?

L'autre bondit de surprise sur son tabouret, se cogna contre le mur. Il finit par se lever, ahuri, et demanda, en se massant la tête :

– Ho, qu'est-ce qui t'arrive, Félix ?

– Y m'arrive que je cherche l'enfant, répondit le gladiateur en articulant exagérément.

– Et pourquoi tu me parles comme ça ? « Fils des Enfers », tu m'as dit ! Tu as eu un accident ?

Félix resta silencieux tandis que le gardien se rapprochait, soupçonneux. Il se planta carrément sous son nez et inspira fortement.

– Félix, gladiateur, tu as une haleine de murène, et si je suis un fils des Enfers, toi, tu es un enfant de Bacchus et tu as abusé de la vigne ! Que le laniste apprenne ça, et tu vas voir ce que tu vas prendre !

Ces paroles eurent un effet magique – celui de dégriser immédiatement Félix, ou presque. Il avisa une jarre d'eau qui trônait à l'entrée du porche, s'en saisit par les deux anses et en versa le contenu sur sa tête. Le gardien le regardait, bouche bée.

– Mon eau ! Mais tu es envoyé par Hadès en personne pour me tourmenter ! Et comment je fais maintenant, hein ?

– T'auras qu'à boire du vin, jeta le gladiateur, cette fois l'esprit bien clair. Il est pa*ch*é où, le petit ?

– Je crois qu'il est descendu vers les cages, maugréa l'homme qui contemplait, désolé, sa jarre vide. Vas-y, et que les fauves te dévorent !

Félix haussa les épaules et se dirigea vers l'animalerie. C'est vrai qu'il avait un peu abusé, mais après tout il n'était pas nourrice de son état, et cette histoire commençait à le fatiguer.

Il grommelait en descendant les marches, furieux contre tout et tout le monde : Fulgur blessé, donc pas d'entraînement pour l'instant, Marcus qui fuyait comme s'il avait les Furies aux trousses… Et c'était sans compter sa lèvre fendue et ses dents manquantes, des blessures qui nuisaient considérablement à ses possibilités de conquête ! Bon, le plan était simple : il attrapait Marcus, lui expliquait que tout allait bien et le raccompagnait à la maison. L'odeur animale se faisait plus insistante alors qu'il descendait les dernières marches. Tout en reniflant avec dégoût, le gladiateur fut étonné par l'agitation qui régnait plus bas. En effet, il entendait des grondements, des feulements inhabituels. Peut-être Marcus était-il en train de nourrir une des bêtes. Pourtant, il le faisait en général le matin.

Lorsque le gladiateur arriva dans la galerie, il vit la panthère se jeter avec furie contre la porte de sa cage. Il s'arrêta quelques instants, cherchant des yeux la silhouette du garçon. Il entendit un bruit métallique au fond, du côté de Némée, suivi d'un rugissement de rage de l'animal. Les sourcils froncés, parce qu'il savait qu'avec les fauves tout était à craindre, il s'avança rapidement. Mais une forme noire jaillit dans la travée et lui asséna un coup de tête en plein dans l'estomac. Félix bascula vers l'arrière, heurta la cage de la panthère et, dans un réflexe dû à de longues années d'entraînement, roula sur le sol pour échapper à un coup de griffes qui aurait pu être mortel. Encore étourdi par sa chute, il se releva. Il s'apprêtait à courir derrière son agresseur, lorsqu'un faible gémissement parvint à ses oreilles.

– Marcus ?

Sa voix résonna, dominant le vacarme. Personne ne lui répondit. Il courut alors vers le fond de la galerie et vit enfin Marcus, couvert de sang, recroquevillé contre la cage de Némée.

En un bond, il était près du garçon, craignant le pire, mais un autre gémissement lui fit comprendre qu'il était vivant. Le lion se tenait collé aux barreaux, vibrant de colère, la queue fouettant ses flancs. Lorsque Félix s'approcha pour attraper Marcus, une patte ensanglantée jaillit d'entre les barreaux, tandis qu'un nouveau rugissement éclatait dans la semi-obscurité de la galerie. Il se jeta en arrière. Némée semblait considérer que Marcus était sa proie et que personne ne la lui volerait. Il fixa le gladiateur, ses yeux jaunes étrécis par la fureur. Un instant, Félix pensa que le fauve allait dévorer Marcus. Comment pouvait-il lui reprendre l'enfant ?

Soudain, le garçon ouvrit les yeux, battit des paupières et, apercevant son ami, lui sourit étrangement. Puis il se retourna pour se coller à la cage et, alors que Félix hurlait « Non !!! » d'une voix angoissée, passa sa main entre les barreaux pour caresser le mufle humide du lion. Il dit alors d'une voix éraillée :

– Ne t'approche pas, il m'a sauvé la vie, mais il est encore très en colère. Ça va aller, ça va aller, mais surtout ne dis rien…

L'animal s'adoucit peu à peu, jusqu'à se coucher pour offrir sa gorge à la main qui le caressait. Marcus se redressa à demi, frottant toujours le lion et murmurant d'une voix inhabituellement rauque une litanie dont Félix ne comprenait pas le sens. Enfin, Némée parut apaisé et, tout en continuant à parler, le garçon se dégagea lentement, s'éloigna de la cage et se jeta dans les bras du gladiateur.

Félix le serra contre lui puis tout aussitôt l'écarta, demandant d'une voix blanche :

– Tu es ble*ch*é, hein, tu es ble*ch*é ?

– Rien de grave, je crois, croassa Marcus. J'ai juste mal au cou.

– *Ch*ortons d'ici, tu vas me raconter.

Félix le souleva et remonta l'escalier pour déboucher à l'air libre.

Lorsqu'il vit le sang qui maculait leurs vêtements, le gardien courut chercher une mesure d'eau fraîche et la tendit au garçon. Son regard froid dissuada Félix d'en réclamer.

– Mais enfin, que se passe-t-il ? Toi, siffla-t-il, le doigt pointé sur la poitrine du gladiateur, tu arrives, tu bois à la taverne, tu vides ma cruche et tu me remontes cet enfant de l'animalerie, ensanglanté ! Entre-temps, je reviens de la fontaine avec ma jarre pleine, et je me fais bousculer par un furieux qui galope en saignant comme un porc. Il renverse encore ma jarre et me voilà parti pour la troisième fois. Non, mais c'est pas possible, c'est un cirque, ici, pas la via Appia !

– Tu l'as vu pa*ch*er !

– Qui ? dit le gardien d'un ton hargneux.

– Le type qui t'a bou*ch*culé, il re*ch*emblait à quoi ? Tu as entendu *ch*a voix ?

Marcus interrompit son ami et lui demanda de le reposer à terre. Ses jambes vacillaient, et il dut s'appuyer sur le mur pour garder son équilibre.

Le gardien le vit. Il chercha ses clés et ouvrit, sous le porche, la minuscule pièce qui lui servait de logement. Le garçon s'allongea sur un lit de sangles. Appuyé sur un coude, il raconta alors aux deux hommes attentifs son arrivée dans la ménagerie, son bref sommeil, puis l'homme qu'il avait vu manipuler des armes.

– Je me suis caché, et il s'est jeté sur moi. Il s'apprêtait à me trancher la gorge, quand soudain il m'a lâché. J'ai eu l'impression que quelqu'un essayait de l'étrangler, mais en fait c'était Némée, qui avait attrapé sa cape avec ses dents et le tirait contre sa cage. J'ai cru un instant qu'il allait le dévorer, mais il lui a juste envoyé un gros coup de griffes qui a dû lui déchirer le dos. Je m'étais tassé contre le mur, incapable de crier tellement j'avais peur. J'ai vu le sang qui coulait de son dos, et d'un seul coup j'ai compris qu'il était muet. Il a réussi à se dégager et c'est à ce moment qu'il t'a entendu arriver, Félix : il m'a regardé fixement quelques secondes et il s'est enfui.

Ils restèrent un moment silencieux. Le gardien prit enfin la parole :

– Il faut que je prévienne les gens du cirque. C'est quand même une drôle d'affaire, et puis maintenant que le lion a attaqué un homme…

– Non, je t'en prie, ne dis rien, le supplia Marcus.

Le gardien le regardait, incertain. Marcus ajouta, avec toute la conviction dont il était capable :

– Tu sais bien qu'ils renverront Némée dans

l'arène ! En plus, tu devras expliquer que tu as laissé passer quelqu'un, et c'est sur ton dos que ça va retomber.

– Ça, mon garçon, c'est pas faux. Même si c'est parce qu'un disciple de Bacchus est venu boire toute mon eau et qu'il m'a fallu…

– Bon, bon, on va pas *ch*'éterni*ch*er là-de*ch*us, le coupa Félix. Écoute-moi bien, l'ami : demain, je t'apporte une amphore de vin et tu gardes la bouche clo*ch*e ju*ch*qu'à *ch*e qu'on ait ré*ch*olu *ch*e my*ch*tère.

L'homme plissa les yeux et demanda d'un ton soupçonneux :

– Du vin gaulois ?

Félix acquiesça, passa son bras autour des épaules de Marcus et prit la direction de la maison du laniste.

Tout en regardant la ville autour de lui, Marcus essayait de retrouver l'état de révolte de ces dernières heures. Mais la colère qui l'avait tant bouleversé semblait avoir disparu sous l'effet de la peur qu'il avait éprouvée :

il avait vu un homme prendre l'épée de Fulgur, et cela avait presque suffi à lui faire perdre la vie. Les événements se succédaient un peu trop rapidement… Sous peu, il allait voir Fulgur : comment devait-il se comporter ?

CHAPITRE X

Les choses se déroulèrent beaucoup plus simplement que Marcus l'avait imaginé. Pendant le trajet de retour, il avait essayé d'envisager toutes les situations possibles, inventant les paroles de Fulgur et ses propres répliques. La vue de son père, debout dans le vestibule, les traits tendus par la douleur et l'angoisse, ainsi que son silence et ses bras grands ouverts pour le recevoir lui ôtèrent l'envie de discuter. Il remit à un autre jour ses interrogations : on venait tout de même d'essayer de le tuer ! Les gladiateurs furent stupéfaits de son histoire, et Ursius fonça chercher l'épée de Fulgur à l'armurerie du cirque. Marcus insista pour qu'il se munisse d'une paire de gants de peau, ce qu'il finit par accepter quand le garçon dit devant tous qu'il pensait que l'arme avait été enduite de poison. C'était la seule explication possible ; elle avait surgi dans son esprit au moment où il racontait les événements.

Assis autour de la lourde table qui servait aux repas pris en commun, les combattants étaient soucieux et taciturnes. Au bout d'un moment, Bellérophon rompit le silence :

– Vous croyez que c'est un coup des gladiateurs de l'empereur ? Ils sont vexés de leur défaite et tentent de se venger…

– Ça pourrait se tenir, sauf que dans ce cas je ne vois pas pourquoi ils s'en prendraient au petit ! grogna Victor. Il leur suffirait de nous attendre au coin d'une rue…

– Oui, argumenta Calidromos, mais peut-être

qu'ils se disent que c'est trop dangereux et donc qu'avec le petit…

Un brouhaha d'assentiment salua ses paroles. L'idée que les gladiateurs de l'empereur craignaient les caternaires était plaisante et ramenait la fierté sur les visages. La voix de Fulgur s'éleva finalement, dominant le bruit général :

– Non mais, vous êtes sûrs que vous allez bien, les hommes ? On s'est battu contre eux, on a gagné, mais je vous rappelle que le combat a été très dur ! Vous les imaginez vraiment utiliser des méthodes de mauviettes et s'attaquer à Marcus pour se venger ?

Une grimace de douleur interrompit son discours. Marcus regarda Félix, qui se leva pour prendre le bras de Fulgur. Celui-ci le suivit sans résistance, le souffle court. Au moment où le blessé regagnait sa couche, Callistos, le médecin grec, frappa à la porte. Marcus se précipita pour lui ouvrir. Le soleil était couché, mais il y avait assez de lumière dans le vestibule pour qu'il remarque l'entaille que le garçon portait au cou.

– Dis voir, qu'est-ce que c'est que ça ? Tu t'es battu ? Tu sais qu'avec un peu plus de profondeur ton sang giclait à flots ?

Dans sa voix, l'orage couvait et Marcus sentit qu'il lui devait une explication. En quelques phrases, il mit Callistos au courant. Le médecin, apaisé, sifflota doucement.

– Eh bien ! On pourrait croire que les dieux s'acharnent contre vous, mais derrière tout cela je vois des mains bien humaines. Pourquoi cet homme voulait-il l'épée de ton père ?

– Je crois qu'il a répandu du poison dessus, déclara le garçon. Pourrais-tu le confirmer ?

Callistos fut stupéfait de son sang-froid. Il réfléchit, puis décida :

– Écoute, j'examine d'abord ton père. J'ai besoin d'eau chaude. Tu t'en occupes ?

Le regard du médecin avait retrouvé cette teinte chaleureuse qu'appréciait tant Marcus. Il acquiesça en silence, amena Callistos jusqu'à son père et les laissa seuls.

Lorsque Ursius rentra, il tendit à Marcus

l'arme enveloppée d'une peau d'animal et lui demanda :

– Tu penses vraiment qu'elle est empoisonnée ?

– Je ne sais pas, Ursius, mais j'ai vu cet homme prendre l'épée avec des gants et sortir quelque chose de sous sa cape.

Marcus planta ses yeux verts dans ceux du gladiateur, qui hocha la tête et quitta la pièce sans ajouter un mot. Le garçon resta un instant l'arme dans les mains, ne sachant qu'en faire. Entendant Ursius parler avec les autres, il se dirigea vers la courette située à l'arrière de la maison, déposa l'épée sur un banc de pierre, et remplit d'eau tirée du puits un récipient de terre cuite. Il ranima les braises qui couvaient sous la cendre dans le coin à feu et, lorsqu'il eut obtenu de petites flammes, posa son récipient sur un trépied de fonte.

Les bulles eurent à peine le temps de monter à la surface que Callistos revenait. Il tira un seau d'eau fraîche, se lava les mains et le visage et jeta le liquide sali sur les pavés en pente : l'eau se dirigea vers une canalisation qui rejoignait les égouts de Rome. Marcus le regardait faire, silencieux.

– Ton père va bien. C'est un colosse, une force de la nature. Sa cicatrice est presque refermée : cinq jours encore et il n'y paraîtra plus.

Cinq jours, songea Callistos, et ce grand gaillard serait de retour sur le sable de l'arène. Pour se battre et un jour, fatalement, tomber sur plus fort que lui et mourir. Il dissimula ces sombres pensées sous un sourire, puis demanda de nouveau à Marcus le récit de ce qu'il avait vu dans l'animalerie du cirque. Tout en écoutant, il contemplait l'arme. Rien ne permettait de penser qu'elle était terriblement dangereuse pour celui qui la prendrait sans précaution.

– Je parierais pour de l'*Aconitum napellus*, dit-il soudainement.

– *Aco*... quoi ?

– *Aconitum napellus*, ou casque-de-Jupiter.

Un jour, tu passeras chez moi, je te montrerai mon herbier. C'est fondamental pour un médecin. Oui, *Aconitum napellus* : une légère sensation de brûlure, suivie de diarrhées torturantes et d'une paralysie musculaire qui gagne peu à peu. Le malade qui l'a ingérée reste lucide jusqu'à la fin. Mais pour faciliter un contact direct avec le sang… Justement, il y a là de toutes petites choses fort intéressantes…

Le médecin avait retiré avec précaution le tissu qui enveloppait l'arme. Il sortit de sa toge une fiole dont il versa quelques gouttes sur la poignée. Peu à peu, une teinte mauve apparut.

– Joli, n'est-ce pas ? fit remarquer Callistos.

Le médecin observa la couleur avant d'ajouter d'une voix égale :

– J'ai toujours sur moi cette fiole qui me permet de savoir si un aliment ou autre chose est empoisonné avec de l'*Aconitum*. Là, tu vois ce petit trait brunâtre ? C'est un fragment d'épine d'euphorbe, et ce n'est pas le seul. En prenant son épée, ton père se serait blessé légèrement :

cela aurait suffit pour que le poison pénètre. C'est ingénieux… L'eau est bouillante ?

– Oui, répondit Marcus, les yeux fixés sur l'enduit mauve qui recouvrait désormais toute la poignée de l'épée.

– Pose cette arme dans le fond de la courette et verse l'eau bouillante dessus, ça la nettoiera. Ton père a eu une chance folle !

– De la chance ? Tu plaisantes !

– C'est parce que tu ne vois pas les choses clairement ! Dans un combat anormal, ton père manque de perdre la vie ; peu après, un homme empoisonne la garde de son épée ; chaque fois, pourtant, il évite le pire. Les dieux vous protègent, c'est évident ! Il faut être prudent, celui qui en veut à ton père n'est pas un imbécile…

En jetant un coup d'œil dans la courette, Callistos remarqua l'autel consacré aux dieux lares, les dieux du foyer, sur lequel chaque habitant de la maison venait disposer ses propres figurines pour prier. Le désignant du pouce, il ajouta :

– Tu devrais les honorer pour les remercier de leur soutien.

– Tu as raison, approuva Marcus. Mais dis-moi, tu ne soignes que des gladiateurs ?

Une nouvelle idée venait de germer dans le cerveau du garçon.

– Non, bien sûr que non ; même si je suis maintenant un médecin que tout le monde respecte, je soigne les gens du quartier sans distinction de race, de religion ou même de fortune. Je suis particulièrement habile à recoudre les blessures, peut-être parce que j'étais le seul garçon dans une famille de filles et que je les ai regardées jouer de l'aiguille pendant des années ! Voilà pourquoi je suis souvent appelé chez les gladiateurs... plaisanta Callistos.

Marcus avait fini de nettoyer l'épée de Fulgur. Il se retourna d'un bloc.

– Et si l'on faisait appel à ton talent pour recoudre une blessure faite par un lion à un muet, tu me le dirais ?

La question était brutale, et Callistos fut

pris au dépourvu. Il n'était vraiment pas bête, ce petit. Peut-être devrait-il parler à son père de la carrière de médecin, surtout que le bruit courait que l'empereur Auguste voulait créer la première école de médecine de Rome… Il leva les yeux vers le ciel, pesant ses mots avant de répondre.

– Marcus, j'ai bien compris le sens de ta question. Tu veux être au courant si l'on me demande de soigner l'homme qui a tenté d'empoisonner ton père. Tu as déjà entendu parler d'Hippocrate ? Non, manifestement, tes lectures n'ont pas été jusque-là. Hippocrate était un très grand médecin grec, et tout médecin qui se respecte a lu les fragments qu'il a laissés. Eh bien, ce grand homme dit que lorsque nous exerçons notre art, nous ne devons rien divulguer, ni sur nos malades ni sur ce que nous avons vu.

– Donc tu préfères aider un meurtrier plutôt qu'un innocent ? compléta posément Marcus.

– Je ne veux pas trahir mes patients.

– Donc tu ne veux pas m'aider, en conclut le garçon.

Callistos soupira.

– Laisse-moi réfléchir, veux-tu ? Ce que tu me demandes n'est pas ordinaire, et je ne peux pas m'engager sans avoir pesé les conséquences de mes actes. Tu comprends, non ?

Marcus ne leva pas les yeux pour répondre.

– Ça ne me fait pas plaisir, mais je peux comprendre.

– Bien. Je vais m'en aller, j'ai d'autres patients à visiter dans le quartier. À propos de patient, la cicatrice de ton père est fragile, il faut qu'il mesure ses efforts. Et si tu veux accélérer son repos, tu dois prendre soin de toi aussi. Il est inquiet, ce qui n'est pas un facteur de guérison. Télesphore, le dieu des convalescents, travaille difficilement si les hommes ne l'aident pas… Je passerai demain reprendre de ses nouvelles.

Callistos rassembla ses affaires, regarda pensivement l'épée qui terminait de sécher, puis, saluant d'un geste rapide son jeune ami, tourna les talons. Marcus le regarda s'éloigner, avant de rejoindre son père dans sa chambre.

CHAPITRE XI

Deux jours passèrent. Les gladiateurs avaient repris l'entraînement malgré l'absence de Fulgur. Atticus, le laniste, avait été mis au courant des derniers rebondissements de l'affaire : l'ensemble ne lui paraissait pas si grave, mais il avait tout de même décidé que Fulgur et Marcus ne resteraient jamais seuls. À ses yeux, il n'y avait que deux explications : soit un mari jaloux qui voulait se débarrasser du gladiateur, soit une basse manœuvre de la concurrence pour éliminer son champion. Les écoles privées de gladiateurs bataillaient ferme pour imposer leurs hommes et les coups en traître n'étaient pas rares ! Atticus pensait notamment à Ramponno le Carthaginois, un laniste venu de l'autre côté de la Méditerranée, un être plein de duplicité qui n'en était pas à son coup d'essai en matière de bassesse. Il ne lui laisserait certainement pas le plaisir d'assassiner son meilleur combattant ! Cette décision prise, il avait sommé ses employés de se remettre au travail.

Il avait ensuite été voir Fulgur pour lui rappeler qu'il lui restait encore un an avant la fin de son engagement. Après, ce serait la sortie de l'arène, et peut-être – le laniste avait marqué un temps – un poste de maître d'armes dans une école de gladiateurs de bonne renommée. Fulgur en avait presque perdu le souffle. Depuis treize ans, il économisait de l'argent pour Marcus, pour qu'il puisse survivre à sa mort. Bien sûr, il savait que ses amis s'occuperaient de son enfant après que son cadavre aurait été emmené hors de l'arène, dans le *spoliarium*, la morgue des combattants. Mais là, ce qui se dessinait, c'était presque... un avenir.

En grognant pour la forme, les gladiateurs étaient donc revenus s'entraîner. Marcus plaisantait avec eux, mais il n'arrivait pas à gommer de son esprit la tentative de meurtre dont il avait été victime. Il s'était souvent réveillé ces dernières nuits, le cœur affolé, persuadé d'avoir senti sur lui le poids de son agresseur.

Callistos était repassé chez les gladiateurs et avait confirmé que dans les trois jours Fulgur serait parfaitement remis et prêt à retourner au combat. Rien dans son attitude ne laissait penser qu'il avait réfléchi à la demande de Marcus.

Ce matin-là, le garçon fila chez Ovide. Le soir même, il devait faire sa lecture au sein d'une assemblée choisie et il souhaitait avoir tout son temps pour revoir un peu le texte et en éliminer les difficultés de prononciation. Calidromos et Félix l'accompagnèrent avant de se rendre au cirque.

Il passa à la cuisine, pour saluer Flora et l'informer des événements des trois derniers jours. Trop prise par son travail, la jeune femme n'avait plus trouvé le temps de rendre visite à Fulgur. Marcus n'insista pas sur sa fuite lorsque ce dernier lui avait expliqué ses origines. Avec un peu de recul, il n'en était pas fier. Flora lui ébouriffa les cheveux en souriant, mais son sourire s'éteignit lors du récit de la scène dans la ménagerie.

Il n'eut pas le loisir de se livrer à des commentaires : Ollion surgit dans la cuisine et lui ordonna d'aller dans la salle des manuscrits. L'affranchi était furieux : la lecture était prévue pour le soir et Marcus n'était pas revenu une seule fois la préparer depuis qu'il avait pris connaissance du texte ! Le garçon eut beau protester, Ollion l'empoigna sans ménagement et l'entraîna au travers de la maison jusqu'au volumen qui l'attendait, déroulé sur une table.

– Je veux entendre ta voix. Est-elle bien claire ? demanda-t-il sèchement.

Marcus savait que la situation était sérieuse : il se racla la gorge, inspira profondément et débuta sa lecture. Au bout de quelques minutes, il sentit qu'Ollion se détendait. Pas au point de le féliciter, mais le garçon sut qu'il avait répondu à ses attentes.

– Cela ne suffit pas, lui dit pourtant l'affranchi. Plus loin, il y a plusieurs passages un peu difficiles. Tu scandes[1] correctement vu ton jeune âge, mais il te faut encore travailler. Vérifie donc dans ce vers si tu distingues correctement les syllabes longues des syllabes courtes.

Marcus s'exécuta. Ollion l'écouta attentivement, puis l'interrompit en levant la main.

– Bien. Travaille encore un peu puis reposetoi. Ne bois rien qui contienne du lait, cela emplit la gorge d'humeurs qui l'amollissent. Tu seras ici avant le coucher du soleil pour t'échauffer la voix.

---

1. Les vers latins et grecs sont scandés, c'est-à-dire lus selon un rythme particulier qui tient compte de la longueur des sons.

Le jeune garçon acquiesça. Il savait qu'Ollion était aussi nerveux que si c'était lui qui devait lire ! Il se replongea dans la lecture, oubliant rapidement ses ennuis. Le texte, un extrait du livre VI de *L'Énéide*, racontait la descente d'Énée aux Enfers, sa rencontre avec Charon et Cerbère, le chien à trois têtes. Il songea un instant qu'il s'agissait d'un drôle de choix pour une lecture, mais il comprit bientôt pourquoi. Après ce passage, Ovide avait retenu celui qui détaillait le bouclier offert à Énée par la déesse Vénus, rappelant ainsi les principaux faits de l'histoire romaine : la louve élevant deux enfants dans l'antre de Mars, l'enlèvement des Sabines, les oies qui avaient protégé Rome et la glorieuse bataille d'Actium… De quoi enflammer un auditoire convaincu de la puissance éternelle de Rome !

Ollion avait quitté la pièce en lui recommandant de remettre en place le manuscrit après sa lecture.

Marcus roulait le texte lorsqu'un discret appel

attira son attention. Au seuil de la bibliothèque, la jolie Flora lui faisait signe. Il rangea le manuscrit et la rejoignit.

– Tu as terminé ? Tes deux amis sont arrivés. Je leur ai donné des friandises. Tu seras là avant le coucher du soleil ?

Marcus la suivit vers la porte de service, où se trouvaient Félix et Calidromos. Quand il fut entre les mains solides des deux combattants, elle partit, après un court salut. Le garçon vit dans cette rapidité la pression d'Ollion, qui ne plaisantait pas avec la réussite des soirées données par son maître !

Le retour vers la maison d'Atticus se déroula sans encombre. Marcus remarqua que ses amis se tenaient sur leurs gardes et que sous les plis de leur tunique se trouvaient des armes prêtes à servir. Comme sa vie avait changé en quelques jours… Mais il n'y avait pas de place pour les regrets, et les tâches qui l'attendaient exigeaient toute sa concentration. Chaque chose en son temps, et il ne doutait pas, en son for intérieur, que les dieux, qui les avaient si bien protégés jusque-là, continueraient à le faire.

Cette confiance était sans doute bien placée : chez Atticus, un message du médecin grec attendait Marcus. Fulgur, qui pouvait marcher mais à qui tout effort était encore interdit, le lui tendit en demandant s'il s'agissait de la recette d'un contrepoison, au cas où l'on tenterait à nouveau de s'en prendre à sa vie. Marcus rit de la plaisanterie, mais il perçut une fêlure dans le ton de Fulgur. Il s'isola dans la courette et lut les mots tracés par le Grec.

Ce soir, au coucher du soleil, un homme viendra chez moi chercher des emplâtres qui doivent être posés sur de sérieuses blessures faites par un félin à son « dresseur ».

Le cœur du garçon bondit dans sa poitrine : le médecin avait soigné son agresseur ! Il sourit ; Callistos était un véritable ami. Il déchira le rouleau et le jeta dans le puits.

Il hésita sur la conduite à tenir : fallait-il en parler à la troupe des gladiateurs ? Évidemment, ce serait sécurisant d'avoir de la compagnie, surtout aussi musclée ! Mais il sentait qu'il lui fallait agir seul, peut-être parce que rapporter ne serait-ce qu'un indice effacerait sa lamentable attitude face aux révélations de son père. Sa décision était prise : après la lecture, il filerait se mettre en embuscade chez le médecin. Seul, il avait une chance de rester invisible. Qui se méfierait d'un pauvre boiteux ? Pour une fois que sa difformité pouvait lui servir... Après, il reviendrait nanti d'informations précises, et avec son père ils aviseraient sur la suite à donner.

Il eut soudain l'impression de respirer plus librement, d'ôter ce poids qu'il portait sur les épaules depuis plusieurs jours. Un sourire aux lèvres, il rentra dans la maison.

CHAPITRE XII

En fin d'après-midi, Marcus traversa à nouveau la ville pour se rendre chez Ovide, accompagné cette fois d'Ursius et de Bellérophon. Si le premier devait son surnom, qui signifiait « ours », à son aspect physique, le second s'était toujours présenté sous le pseudonyme de Bellérophon et nul ne lui avait jamais posé de questions. Lorsque Marcus avait commencé à lire, il avait fait le lien entre le caternaire et le personnage de l'*Iliade*. Dans ce récit extraordinaire, Homère racontait comment Bellérophon tuait la Chimère, un monstre qui était « lion par-devant, dragon par l'arrière et chèvre par le milieu du corps ». Il en avait conçu un grand respect pour ce gladiateur taciturne dont personne ne contestait la valeur sur le sable de l'arène.

Tout en marchant vers la maison d'Ovide, Marcus tentait de maîtriser son souffle, comme le lui avait maintes fois expliqué Ollion. Une double mission l'attendait le soir même, et il ne savait au juste ce qui, de la lecture ou du rendez-vous du médecin, le rendait le plus nerveux. Il avait eu la journée pour réfléchir à la manière de s'y prendre, et avait fini par conclure qu'il fallait faire simple et dire aux gladiateurs qu'il restait chez Ovide pour la nuit, sous la garde de Flora. Il lui serait facile ensuite d'échapper à l'attention de cette dernière et de courir chez le médecin grec pour faire le guet à sa porte. Si le muet était déjà parti, il rentrerait chez Atticus et en serait quitte pour une bonne avoinée de son père.

« Son père »… le mot lui était venu naturellement à l'esprit. Lorsqu'il s'adressait à Fulgur, depuis qu'il avait appris ses origines, il s'était toujours débrouillé pour ne pas le nommer. Mais là, alors qu'il tentait de l'aider, il lui avait redonné la place qui lui revenait de droit.

Après les grandes artères, les ruelles étroites se succédaient. Enfin, il aperçut la fontaine publique qui lui servait de repère pour ne pas se perdre et dit à ses deux compagnons qu'ils étaient arrivés.

Deux esclaves attendaient les invités à l'entrée de la maison et aidaient les femmes à descendre des litières qui encombraient la rue. Habillées de leurs plus belles *stolae*, elles se dévisageaient, se saluaient ou s'ignoraient en fonction des relations qu'entretenaient leurs époux entre eux. Les ornatrices, ces esclaves chargées de la toilette et du maquillage des matrones, avaient dû travailler dur et entendre de nombreuses plaintes ! Les gladiateurs ne perdaient pas une miette du spectacle.

– Toutes plus belles les unes que les autres, commenta sobrement Bellérophon.

– Tu l'as dit. Regarde-moi ces matrones, il y a de quoi rendre Vénus jalouse ! s'exclama Ursius.

Marcus profita du trouble des deux compagnons et lança :

– Bon, je vais passer par l'arrière pour rejoindre Flora ! Ce n'est pas la peine de venir me chercher ce soir, je ne sais pas à quelle heure je sortirai. Je resterai dormir là, Ollion me trouvera bien de quoi m'allonger en attendant le jour, et Flora me raccompagnera demain chez Atticus.

Il leur fit un signe de la main et courut vers la porte de service. L'un des esclaves d'Ovide se tenait à la petite entrée et s'écarta dès qu'il l'aperçut, tout en lui signalant qu'Ollion était très nerveux et qu'il faisait les cents pas dans la salle des manuscrits. Marcus traversa la maison et rejoignit l'ancien lecteur, qui lui ordonna d'un ton sec de se concentrer en attendant que le maître fasse appel à lui.

Le garçon, le texte à la main, s'assit dans la bibliothèque. Le volume sonore augmentait dans la demeure et il lui sembla un instant que les oiseaux qui chantaient dans la volière du péristyle avaient été remplacés par des dindes glougloutantes. Les sons se firent un peu plus sourds, et soudain la voix d'Ovide lui parvint. En quelques mots, il souhaita la bienvenue à chacun de ses hôtes, saluant particulièrement le sénateur Marcus Tullius Aurélius et sa belle-sœur Pomponia, qui avaient daigné se joindre à eux ce soir-là. Il annonça que les lectures commenceraient par des morceaux choisis de Virgile, puis qu'il lirait lui-même des passages de ses *Métamorphoses*, un texte sur lequel il travaillait déjà depuis plusieurs années. Une voix inconnue répondit à Ovide et le remercia de son hospitalité.

Marcus sentit son cœur s'accélérer quand une petite porte s'ouvrit : Ollion lui faisait signe. Comme dans un rêve, il se retrouva au sein d'une assemblée nombreuse qui se tut à son arrivée. Le maître le regarda, inclina légèrement la tête et Marcus déroula le volumen. Il entendit sa propre voix résonner contre les murs, ridiculement jeune et aiguë. Mais, bien vite, la magie des mots de Virgile prit le dessus et il en oublia les regards fixés sur lui.

Lorsqu'il parvint au point final du texte, il constata avec stupéfaction que seuls les plus proches écoutaient encore. Les autres étaient occupés à tendre ou à vider leur coupe et à bavarder avec leur voisin. Un coup d'œil lui apprit qu'Ovide était encore sous le charme des vers de Virgile, loin de ses invités et de leurs habituels cancans. Ollion le sortit de sa rêverie pour l'obliger à se mêler à ses hôtes et demanda à Marcus d'aller à la salle des manuscrits. Le caquètement de la foule reprenait de plus en plus fort. Après un dernier regard incrédule, Marcus enroula le texte et quitta la pièce. Une fois de plus, il était déçu ! Il avait cru un instant que Virgile saurait charmer les esprits, mais il n'en était rien ; tous ces gens semblaient n'être là que pour se remplir l'estomac, boire le vin du poète et non écouter ses vers. En sortant, il croisa de nouveau Ollion, qui remarqua son air déconfit.

– Tu croyais vraiment que les gens écouteraient ? Grossière erreur, ils sont venus ici pour être sûrs que mon maître Ovide est toujours apprécié de l'empereur, regarder sa demeure et évaluer ses richesses, en fonction de la nourriture servie ! En attendant, tu as fort bien lu, ta voix résonnait clairement. C'est bien. Il te faudra peut-être travailler certaines liaisons, mais le rythme est bon. Je suis content !

– Merci, Ollion, tes compliments me vont droit au cœur.

– Va donc retrouver Flora en cuisine, elle a certainement de petites choses pour toi. Nous nous reverrons sous peu.

Marcus ne se le fit pas dire deux fois et fila. Flora, un peu échevelée, l'accueillit avec un grand sourire.

– Alors, mon grand, il paraît que ta lecture

était excellente ? Ollion était vraiment content, et tu sais qu'il n'a pas le compliment facile ! Mange donc de ces *acetaria*, je suis certaine que tu vas aimer !

Joignant le geste à la parole, Flora lui tendit une assiette de légumes assaisonnés au vinaigre, qu'il engloutit avec reconnaissance. Quand il eut terminé, il expliqua à la jeune femme qu'il devait rentrer chez Atticus. Flora, débordée par les esclaves qui venaient sans cesse prendre ses ordres, acquiesça, lui caressa la joue et lui demanda en rougissant de transmettre à Fulgur toutes ses bonnes pensées.

Marcus se retrouva dehors, dans la tiédeur de cette nuit de printemps. Il fallait maintenant filer au Palatin, où vivait le médecin grec, et tenter de comprendre qui était l'homme qui en voulait tant à son père et à lui. À la vue des ruelles étroites chichement éclairées par de rares torches en résine, le garçon eut une hésitation. Mais celle-ci fut de courte durée : un groupe de jeunes qui portaient tout juste la toge virile[1] le bouscula en sortant d'une demeure. L'un d'eux se moqua de lui lorsqu'il perdit l'équilibre. Tout infirme qu'il était, il valait sans doute mieux qu'une bande de crétins dont le seul objectif était de dépenser en plaisirs l'argent amassé par leur famille ! D'un pas résolu, il s'engagea dans la ruelle malodorante qui lui permettrait de gagner le Palatin. Alors qu'il réfléchissait à la manière la plus rapide et la plus sûre d'atteindre ce quartier, il n'entendit pas, derrière lui, le léger bruit que faisaient les sandales de celui qui le suivait.

1. La toge virile, dont le port signifiait l'entrée dans l'âge adulte, succédait à la toge prétexte, le vêtement que l'enfant portait jusqu'à environ seize ans.

CHAPITRE XIII

Marcus n'eut pas de mal à trouver la demeure du médecin. Servi par la déesse Fortune, celle qui apportait la chance, Callistos devait une partie de sa réussite – et son installation dans les beaux quartiers – à ses relations avec le célèbre Antonius Musa. Cet esclave grec affranchi était devenu médecin de l'empereur Auguste pour l'avoir guéri de ses maux en lui ordonnant de manger de la laitue et de prendre des bains froids. Entre les deux Grecs, des liens s'étaient rapidement noués et Callistos avait acquis peu à peu une certaine renommée. Il avait quitté les quartiers pauvres pour se rapprocher des hauteurs du Palatin, où l'empereur avait fait construire sa maison, non loin de celle de Romulus[1].

Le garçon s'assit sur une borne pour souffler un peu. La pente était raide et il se dit que les infirmes ne devaient pas souvent aller consulter Callistos ! Il s'en voulut aussitôt, se souvenant que le Grec dispensait largement son savoir, et parfois gratuitement. Même si sa notoriété avait grandi, il était resté simple, passionné par son métier, toujours prêt à tenter l'impossible pour sauver un être humain.

Marcus contemplait la maison, ne sachant que faire. Il laissa échapper un soupir et fourragea dans ses cheveux : maintenant qu'il était posté là, autant attendre et voir si les dieux accepteraient de lui donner un petit coup de pouce…

---

1. Romulus est le fondateur de la ville de Rome. D'après la légende, lui et son frère jumeau Rémus furent élevés par une louve.

Sans doute ces derniers s'en voulaient-ils encore de lui avoir tricoté un si difficile destin, car bientôt la porte de l'habitation s'ouvrit. Marcus aperçut la silhouette du Grec qui se découpait dans la lueur des torches, puis il l'entendit, d'une voix forte, conseiller à son visiteur de continuer les compresses d'huile. À la manière dont il prononça ces mots, le garçon comprit qu'ils lui étaient destinés, et il se rencogna dans l'ombre. Le médecin ajouta quelques recommandations, auxquelles le patient répondit par une inclinaison du buste qui dégagea sa tête du capuchon de son manteau. Marcus aperçut alors son visage. Son cœur battit à tout rompre : c'était bien l'homme qui avait essayé de le tuer ! Pris de tremblements incontrôlables, il se maudit de s'être jeté seul sur cette piste. Un instant, il songea à renoncer, mais la tentation fut plus forte. Il bondit hors de sa cachette.

La poursuite ne fut pas longue. Pour éviter de se faire repérer, Marcus s'efforça de garder une distance suffisante avec sa proie, sans pour autant la perdre des yeux. Il eut un moment la sensation qu'il était lui-même suivi, mais il fut rapidement convaincu que ce n'était qu'une illusion. Au coin d'une rue, l'homme se présenta devant une grande entrée. Il était certainement connu des gens de la maison, puisque l'*ostiarius*, qui gardait la porte, s'écarta dès qu'il le vit arriver.

En s'approchant de la demeure, Marcus n'en crut pas ses yeux : ce n'était pas une maison banale comme celle du laniste, ou une belle maison comme celle d'Ovide, mais une véritable *domus*[1], qui ne pouvait appartenir qu'à une famille romaine immensément riche. Les hypothèses d'Atticus lui revinrent en mémoire : et si c'était un concurrent, par exemple le propriétaire d'une autre école, qui avait cherché à éliminer Fulgur ? Les paris passionnaient Rome et certains n'hésitaient pas à miser des

1. Grande et belle demeure qui abritait une seule famille. Il n'en existait qu'environ deux mille à Rome sous le règne d'Auguste, en partie en raison du coût très élevé du terrain.

fortunes sur tel ou tel gladiateur. Un homme assez riche pour posséder cette maison devait sans doute se livrer à ces petits jeux qui enflammaient les esprits…

La disparition du visiteur de Callistos avait permis à Marcus de retrouver son calme. Pour éviter d'être repéré, il passa, l'air dégagé, devant le gardien, qui ne lui jeta même pas un coup d'œil. Le propriétaire ne plaisantait pas avec sa sécurité : près du portique d'entrée, des plaques de marbre gravées portaient la mention « *cave canem* » pour dissuader tout imprudent de vouloir s'introduire dans la demeure. Ces mots étaient accompagnés, pour le barbare ignorant du latin, d'un dessin représentant un chien écumant de colère.

Le garçon enrageait : tout avait parfaitement fonctionné jusque-là, et voilà que le suspect lui échappait ! Il eut la tentation de rentrer pour prévenir ses amis qu'il avait trouvé la piste du criminel. Mais si celui-ci n'était là qu'en visite, et qu'ensuite il quittait les lieux ? Non, vraiment, il devait s'assurer que son homme restait bien dans cette demeure avant de donner l'alerte. Mais comment ?

C'est en faisant le tour du pâté de maisons que Marcus eut une idée. Une insula, en cours de construction, était adossée au mur qui fermait le jardin de la domus. En grimpant dans les étages, il aurait sans doute une bonne vue sur la maison et ses habitants. Il se dirigea vers le bâtiment d'un pas un peu moins alerte : il trottait dans la ville depuis un moment déjà et sa jambe, de nouveau, le faisait souffrir.

Le garçon n'eut aucun mal à entrer dans l'insula : les beaux appartements du rez-de-chaussée n'étaient pas encore habités et il trouva facilement l'escalier en bois qui montait dans les étages. Après quelques secondes d'hésitation – l'endroit était bien sombre, et il entendait clairement des crissements de griffes de rats sur le sol –, il posa son pied sur la première marche, déclenchant un craquement sec. Il bondit comme une bête affolée tandis que son cœur sautait dans sa poitrine. Lorsqu'il eut compris qu'il avait provoqué lui-même ce bruit, il fut pris d'un fou rire nerveux et s'appuya contre le mur, reconnaissant le ridicule de la situation. Il reprit son ascension.

Alors qu'il dépassait le deuxième niveau, il lui sembla percevoir un nouveau grincement. Il s'arrêta net, retenant son souffle, mais l'obscurité resta silencieuse. Il jeta un œil par une fenêtre : il était encore trop bas, la vue était obstruée par des arbres imposants. Il repartit.

Passé le troisième niveau, l'escalier menait à une terrasse et l'on accédait aux derniers étages par une simple échelle posée contre le mur. Marcus pesta lorsqu'il se rendit compte qu'il ne voyait qu'une petite partie du jardin de la domus. Il s'approcha de l'échelle et la jaugea du regard : elle paraissait raide, mais il n'avait pas le choix. Cette partie de l'immeuble, réservée aux plus pauvres, n'avait pas l'air plus habitée que les autres. Il savait que des familles entières s'entassaient dans les hauteurs : si certains y vivaient à l'année, il pouvait faire l'effort de grimper encore un peu ! Empoignant les montants, il se hissa vers le niveau suivant. Là, plus de peinture sur les murs : la brique avait laissé la place au bois et les logements étaient minuscules. Marcus s'assit quelques instants avant d'oser regarder par une fenêtre. Un peu décalé par rapport au reste de la construction, cet étage surplombait le jardin de la domus, qu'il put alors examiner en détail.

Une fontaine au centre, des allées bien tracées, des arbres fruitiers harmonieusement disposés et un portique à colonnes : on aurait dit, en plus grand, le jardin d'Ovide. Marcus vit qu'à la verticale de la fenêtre un toit en pente coiffait un autre bâtiment, sans doute destiné aux esclaves et aux réserves de vin et d'huile. Il continua d'observer cette belle demeure, mais sans en retirer le moindre renseignement sur ses habitants. La nuit était claire, une lune magnifique éclairait Rome mieux que n'auraient pu le faire des centaines de torches.

Le garçon commençait à se lasser, lorsqu'un mouvement attira son attention.

Sortant de l'un des bâtiments, un homme chargé d'une petite amphore s'assit sur un banc de pierre. Peu après, une femme le rejoignit et lui ôta sa tunique. Le haut de son dos était couvert de bandelettes de tissu. La femme les décolla et se mit à enduire les chairs de l'huile qu'elle prenait dans l'amphore.

Marcus réalisa soudain qu'il avait sous les yeux celui que Némée avait marqué de ses griffes pour lui sauver la vie. Sa gorge s'assécha brutalement. Ce qui jusqu'ici avait l'allure d'un jeu excitant ne l'était plus, car l'homme assis sur le banc avait tenté de lui trancher la gorge. Le garçon se releva, recula d'un pas, les yeux rivés sur le couple. Une onde de terreur l'envahit. Il était fou d'être venu ici seul. Il fallait qu'il s'en aille, qu'il rentre retrouver son père et qu'il lui raconte tout ! Il recula encore, et atteignit en tremblant les montants de l'échelle. Ses gestes étaient maladroits. Lorsqu'il fut à mi-parcours, il glissa sur un barreau. Suspendu par les mains, il chercha du pied un appui pour se rétablir. C'est alors que son genou cogna contre le mur : la douleur fut si vive qu'il se tordit en laissant échapper un gémissement. L'échelle, qui n'était pas attachée, ne supporta pas ce choc supplémentaire et bascula dans le vide, emportant Marcus.

CHAPITRE XIV

La chute lui parut interminable. Il eut le temps de voir le visage de Flora, celui de Fulgur, un petit cheval à roulettes que lui avait offert Ursius et qu'il avait fièrement promené derrière lui pour ses trois ans… Un instant, il distingua la lune qui semblait le regarder, puis des tuiles, contre lesquelles il s'écrasa et qui déchirèrent sa tunique. Il griffa leur surface de ses ongles et crut une seconde que la descente infernale s'arrêterait là. Emporté par la vitesse, il rebondit pourtant du toit sur des oliviers touffus dont les branches le giflèrent, pour enfin terminer sur le gravier d'une allée. Il eut la sensation que sa peau prenait feu, tandis qu'une douleur terrible montait de ses jambes. Il entendit des pas précipités. Deux visages se penchèrent au-dessus de lui et une femme dit d'une voix stupéfaite :

– Tullia ?

Il voulut parler, mais ses yeux croisèrent soudain un autre regard, froid, insondable, un regard qui revenait régulièrement dans ses récents cauchemars. Puis ce fut la nuit.

C'est le froid qui lui fit reprendre conscience. Un froid humide, pénétrant, qui s'était insinué au plus profond de son être. Il tenta de bouger, mais la douleur surgit, monstrueuse, ample comme une vague, et il crut se noyer dans sa souffrance. Ses bras liés dans son dos refusaient de lui obéir et chacun de ses mouvements produisait un curieux cliquetis. Mais où pouvait-il être ? Était-il déjà dans les Enfers ? Non, c'était impossible, il avait trop mal pour être déjà mort. Il resta un instant stupide, essayant de fouiller sa mémoire pour comprendre comment il s'était retrouvé dans ce lieu. Il se força à ouvrir les yeux : l'obscurité était complète. Le garçon roula sur le côté et ce simple effort lui arracha une plainte, étouffée par un bâillon posé sur sa bouche. En bougeant ses doigts, il sentit un métal froid : il était retenu par des chaînes, sans doute attachées au mur. Sur sa droite, il distingua un vague rai de lumière, comme le bas mal jointé d'une porte. L'odeur environnante le mit sur une piste, une odeur végétale, un peu fruitée, à laquelle se mêlaient des senteurs de collines. Des olives… Il était sans doute dans une cave, en tout cas dans un endroit où l'on stockait des vivres.

La mémoire lui revint brutalement, et avec elle le souvenir des heures précédentes : il revit sa chute, le choc contre les tuiles, l'écrasement au sol. Puis la soirée de la veille, cet homme qu'il avait suivi de la porte du médecin grec jusqu'à une magnifique demeure. Il l'avait vu dans le jardin, et c'est en voulant redescendre pour prévenir les autres qu'il était tombé. Les autres… Son cœur s'emballa : ils allaient forcément venir à son secours, oui, bien sûr… Une onde de peur transperça son cerveau quand il eut conscience de sa solitude : tous ignoraient où il était. Il fallait garder son calme, quelqu'un allait venir pour l'aider… Le désespoir le submergea au moment où le visage du muet qui avait failli le tuer rejaillit avec force dans son esprit. Il était entre ses mains, et son bourreau allait terminer le travail qu'il avait commencé. La femme qui était avec lui, qu'avait-elle dit déjà ? « Tullia », voilà ce qu'elle avait dit. C'était qui, Tullia ?

Il bougea lentement. Tout son corps lui faisait mal. La douleur augmentait rapidement, et avec elle la lucidité : il était dans une très mauvaise posture, personne ne savait qu'il était enfermé dans la maison de l'homme qui voulait leur mort, à lui et à son père.

Du temps passa. Aucun bruit, aucune lumière.

Un grincement de serrure lui arracha un mouvement de surprise et, immédiatement, un grognement de souffrance. La porte qu'il avait devinée au fond de la cave s'ouvrit, laissant passer une silhouette masculine portant une lampe à huile. Derrière, une autre silhouette, voilée. Une femme, il en était sûr. Lorsque le premier visiteur s'accroupit près de lui, la légère clarté de la lampe fut suffisante pour qu'il le reconnaisse : c'était bien celui qui l'avait saisi à la gorge dans la ménagerie, celui qui s'était penché sur lui après sa chute ; il le fixait maintenant, de ce même regard insondable. L'homme vérifia ses liens, sans doute pour s'assurer de leur solidité. La personne qui se tenait en retrait s'approcha à son tour, le voile couvrant toujours son visage. Elle resta devant lui, immobile, comme si elle le détaillait. Elle toucha l'épaule de l'autre, qui se releva et la regarda. Marcus l'entendit alors dire d'un ton terriblement calme :

– La ressemblance est extraordinaire. Mais il faut en finir.

Sa voix était froide, indifférente. L'homme baissa les yeux et secoua la tête avec énergie. La femme voilée fit un pas en avant. Sa voix siffla de nouveau, tendue, coléreuse, menaçante :

– Tu plaisantes, Crassus ? Tu dois terminer ce que tu n'as pas su faire tout au long de ces années.

Le dénommé Crassus recula d'un pas, joignit ses mains sur sa poitrine pour la saluer, puis il tira de sa ceinture un long poignard qu'il lui tendit en s'inclinant. Elle le gifla et saisit l'arme.

– Tu refuses de le faire ? cria-t-elle. Mais pour qui te prends-tu ? Tu es un esclave, et tu devras payer pour ton insolence ! Tu sais que je suis capable du pire, je t'ai tranché la langue il y a des années. Va ramper ailleurs, misérable, ton temps viendra !

Elle leva le poignard d'un geste vif, mais l'esclave s'esquiva. Elle le suivit jusqu'à la porte, qu'elle referma à clé.

Marcus avait redressé la tête pendant ce court échange, auquel il n'avait rien compris. Quand le muet fut parti, il fixa la femme voilée. Malgré le bout de chiffon malodorant qui lui couvrait la bouche, il réussit à articuler :

– Qui êtes-vous ?

Sa voix déformée retentit de façon grotesque dans la cave. La femme ne bougeait toujours pas. Soudain, elle parut s'animer et tira vers elle un petit tonneau sur lequel elle s'assit tout en posant l'arme à ses pieds. Lentement, elle releva son voile et Marcus put enfin voir à quoi elle ressemblait. Son visage était grêlé, presque difforme : un masque de chair abîmée s'étendait comme les ailes d'un papillon de chaque côté de son nez. Le masque du loup, la marque de cette terrible maladie, le lupus, qui laissait autant de traces dans le corps que dans l'esprit. Le garçon eut un mouvement de recul, qu'elle constata avec indifférence.

– Oui, je suis bien laide, mais ça, c'est à toi que je le dois. Tu peux me regarder, constater toute l'horreur de mon visage, de ta part cela ne me touche pas. J'imagine que tu es comme ta sotte de sœur, toujours perdu dans tes histoires…

Marcus écoutait, partagé entre la crainte et l'ahurissement. Mais de quoi parlait-elle ? Elle devait le confondre avec un autre. Il tenta de l'interrompre en hurlant au travers de son bâillon :

– Mais je ne vous connais pas, je n'ai pas de sœur !

Son cri de rage se transforma en un grognement inaudible. Sa bouche était asséchée, par la peur autant que par la soif. La femme lui jeta un bref coup d'œil, dans lequel il lut tout le mépris du monde. Sa bouche se tordit quand elle lui répondit :

– Tais-toi, ceux qui n'auraient pas dû naître doivent se taire à jamais ! Oh si, tu me connais, bien sûr que tu me connais ! Je suis certaine que tu m'as vue dans tes rêves, comme je te vois dans les miens depuis plus de treize ans !

Sa voix enflait, proche de l'hystérie. Marcus la regardait intensément : la seule femme qu'il voyait dans ses rêves, c'était celle dont il avait longtemps pensé qu'elle était sa mère. Il hoqueta de désespoir. Ce n'était pas possible, cette créature de cauchemar n'était pas sa mère ! Une larme coula le long de sa joue, et il ne sut si c'était l'horreur de sa situation ou l'épuisement qui l'avait provoquée.

La femme la remarqua, mais cette découverte n'attira sur son visage qu'un sourire mauvais.

– Tu pleures, mais c'est trop tard. Nous avons du temps devant nous, alors je vais te la raconter, ton histoire. Parce que tu en as une, petit misérable. Elle n'a pas beaucoup d'intérêt, mais ça me fait vraiment plaisir que tu l'entendes.

– Ton histoire débute avant ta naissance, bien avant. J'avais une sœur, Julia. Je ne l'aimais pas. Elle ne savait profiter ni de la vie ni des gens. Elle était… gentille. Elle aimait s'occuper des autres. Moi, Marcia, j'étais belle. Tous les hommes s'empressaient autour de moi.

Ma sœur a rencontré Titus Statilius, le sénateur. Il en est devenu fou et il l'a épousée. Quelle injustice ! J'étais plus belle qu'elle, plus drôle. Moi aussi, j'ai cherché un protecteur puissant : j'en ai eu un enfant. Quand il l'a su, cet homme a fui en Égypte… avec sa petite famille : il était marié, et il a préféré son idiote d'épouse à moi. Il m'a abandonnée. C'est là que la haine pris racine.

Marcus, la vue brouillée par les larmes, dévisageait cette femme, cette Marcia, assise sur un tonneau poussiéreux. Elle jouait avec le long poignard qu'elle avait ramassé tout en déroulant sa folle histoire d'un ton presque détaché.

– Tu aurais dû mourir il y a des années, juste après ta naissance, il y a bientôt quatorze ans. Regarde-moi bien. À cause de toi, j'ai tout perdu : ma beauté, mon avenir et mon fils. Ça y est, tu comprends ? Mon fils, mon enfant, mon Lucius, c'est ta faute ! Il était beau, mon fils… Quand son père nous a abandonnés, ma sœur, avec sa sotte gentillesse, m'a proposé de venir m'installer chez elle. J'étais déjà décidée à me venger et j'ai cru que j'avais trouvé un bon moyen. Avant ta naissance, il n'y avait pas d'enfant dans cette maison. Le seul héritier, c'était mon Lucius – et il en avait, du caractère, et tout ce qui fallait pour succéder à ton père !

Pendant qu'elle parlait d'une voix sifflante, la femme lissait d'un air indifférent les plis de sa robe. Elle s'arrêta, le regard perdu loin devant elle dans l'obscurité de la cave, puis reprit :

– Pendant deux ans, j'ai lentement empoisonné ta mère pour qu'elle ne puisse pas avoir d'enfant. Ton père était désespéré, mais il se rapprochait de plus en plus de mon fils, ça le consolait. Ta mère, elle était malheureuse, mais bon, elle allait finir par s'y faire… Et puis la catastrophe est arrivée : elle nous a appris qu'elle était enceinte. J'ai cru en perdre la tête ! Rapidement, Calpurnia, la sage-femme qui m'avait aidée à mettre au monde mon fils, a parlé de deux enfants, des filles. Ton père était très déçu… mais il s'est vite consolé, parce que ta gourde de mère, Julia, était ravie. Moi, je me disais que deux filles, ça n'empêcherait jamais ton sénateur de père d'aimer Lucius. Un jour, il lui léguerait sa fortune. Un soir, la naissance s'est annoncée. La sage-femme a mis ton père dehors et vous êtes arrivés, tous les deux. Il n'y avait qu'elle et moi pour aider ta mère. Ta sœur est née en premier, et le temps que Calpurnia l'examine, c'était ton tour. Un garçon. Le cauchemar. Je t'ai laissé tomber et ton genou s'est tordu. Ah, tu piaulais, comme une misérable petite bête ! Cette stupide Calpurnia n'avait rien compris, elle a pensé que tu étais né ainsi. Ta mère, Julia, a commencé à se vider de son sang. On l'a transportée sur son lit. Elle a voulu absolument vous serrer contre elle. Tu étais dans ses bras avec ton air triomphant ! Après, Julia a perdu conscience. J'en ai profité pour embobiner la sage-femme, je lui ai dit que pour ton père ce serait trop dur, que ma sœur allait mourir, que toi tu étais estropié… il valait mieux qu'il ne sache rien. Elle a appelé Crassus, qui t'a emmené.

Marcus sentait la terreur le gagner peu à peu. Il était comme paralysé, à écouter le discours incompréhensible de cette folle qui le fixait de ses yeux verts, seule trace de beauté dans son visage dévasté. Ses pupilles étaient dilatées par la belladone, la plante qui rendait les yeux des Romaines plus attrayants. Elle le contemplait, comme on contemple un insecte avant de l'écraser.

– Quand Crassus est parti en t'emportant, j'ai eu envie de rire. J'étais fière, parce que je réussissais toujours à déjouer les pièges qui m'étaient tendus. Mais quand il a réapparu, j'ai compris à son air que quelque chose n'allait pas. J'avais dit à cet imbécile de te tuer ; au lieu de m'obéir et de te trancher la gorge ou de te jeter dans le Tibre, il t'avait déposé sur un autel. Quand il avait vu ton genou, il s'était dit qu'en tuant un boiteux il s'attirerait les foudres de Vulcain[1] ; alors il t'avait abandonné, pour

1. Vulcain, le dieu de la foudre, est toujours représenté comme un boiteux.

ne pas être responsable de ta mort. J'ai couru te rechercher, mais tu avais disparu. J'ai pensé que des chiens t'avaient dévoré, ou que tu avais été enlevé pour être élevé comme un esclave. Heureusement, rien ne pouvait t'identifier.

« En revenant de cette course nocturne, j'ai commencé à trembler de tous mes membres. J'ai payé la sage-femme pour qu'elle se taise, puis, très vite, je me suis couchée, étourdie par la fièvre. Personne n'y a prêté attention, ils n'en avaient tous que pour ta mère ; alors que moi, Marcia, j'étais en danger de mort ! Ton père a eu peur que ma fièvre n'aggrave le mal de Julia. Il m'a envoyée à Baïes, où notre famille a toujours eu une maison. Il avait ordonné à Crassus de m'accompagner et c'est là que cet imbécile a perdu sa langue. Il a compris que j'étais gravement malade, et il a cru que les dieux me punissaient de mes actes. Il menaçait de tout révéler… Je l'ai drogué, et pendant son sommeil je lui ai tranché la langue.

Marcus écoutait ces mots qui ne trouvaient

aucun écho dans son esprit. Sa « mère », son « père », sa « sœur » ? Il tenta de se redresser. Le regard vert, qui l'avait un instant lâché, revint se planter dans le sien, et il reçut un coup de pied dans les côtes. Les larmes jaillirent de ses yeux tandis que son cri de souffrance mourait dans son bâillon.

– Oh, ces gémissements… À vivre comme un cloporte, tu en es devenu un. Je t'achèverais bien tout de suite, mais je veux que tu comprennes pourquoi tu dois mourir.

D'un geste brusque, Marcia sortit une fiole de sa stola.

– Tu vois, ta mort est là, dans ce lacrymoire. Quelle chance tu as de la contempler ! Rares sont ceux qui ont pu voir quelle apparence elle prendrait… Allons, il faut d'abord que je termine mon histoire. Pour le *dies natalis*[1] de ta sœur, quelques jours après votre naissance,

---

1. Jour où l'enfant est présenté au père, déposé sur le sol : lorsque celui-ci le relève, il lui assure sa place dans la famille.

j'étais donc déjà à Baïes, à lutter contre la maladie, sans que personne ne s'en soucie. J'ai appris que je ne guérirais jamais et que j'affronterais tout au long de ma vie des crises terribles. Et quand je suis revenue à Rome, ça a été pour faire face à la mort de mon enfant, mon Lucius. Il avait attrapé une fièvre lui aussi. Ton père et les autres, ils m'ont raconté qu'ils avaient essayé de le soigner, mais je n'y ai jamais cru. Ils avaient tous été là, à regarder ta mère mourir, mais personne ne s'était occupé de mon fils. C'est ta faute. Quand tu es arrivé dans cette famille, tu as tout brisé. Ta mère est morte, et moi, j'ai perdu ma beauté et mon fils. Tu es une malédiction ambulante, et je n'aurais jamais dû confier à un autre le soin de te supprimer.

« Lorsque j'ai croisé ta route bien des années plus tard, chez Ovide, je suis restée stupéfaite ; tu n'étais pas mort, tu savais lire, et en plus tu fréquentais les mêmes maisons que moi ! Je n'en ai d'abord pas cru mes yeux. Mais plus je te regardais, moins j'avais de doutes : tu es la copie conforme de ta sœur, et mis à part cet accent populaire on pourrait vous confondre.

Un étrange sourire effleura son visage. Les yeux fixés sur la lampe à huile, elle passa sa main lentement au travers de la flamme, sans que la moindre douleur ne transparaisse sur son visage détruit.

– Je me suis renseignée : j'ai appris que tu étais nouveau dans la maison, que tu avais remplacé Ollion pour la lecture. J'ai mis un peu de temps à trouver où tu vivais. Tu es bien protégé, avec ces gladiateurs autour de toi, et ce Fulgur qui se fait passer pour ton père… Mais avec quelques pièces d'or, on m'a vite expliqué qu'il t'avait recueilli. Je me suis dit que j'allais d'abord le faire assassiner, que ce serait plus facile pour t'atteindre. J'ai payé un samnite, qui, entre nous, était minable, puisque c'est lui qui a mangé le sable de l'arène ! Puis j'ai convaincu Crassus d'enduire l'épée de ton père de poison. C'est simple de se procurer les clés de l'armoire aux armes quand on a de l'argent ! Une fois de plus, cet incapable a échoué. Non seulement il n'a pas réussi à empoisonner cette arme, mais en plus, quand il a eu l'occasion de te tuer, il a été attaqué par le lion. Désormais, je ne peux plus rien lui demander ; il pense vraiment que les dieux sont avec toi. Tu l'as vu tout à l'heure… Mais moi, Marcia, je sais bien que c'est faux, et qu'ils ont décidé de réparer le mal qu'ils m'ont fait en te guidant jusque dans ma maison. Voilà, tu sais tout. Maintenant, tu vas mourir, parce qu'en fait tu n'aurais jamais dû exister.

Elle se pencha vers le garçon, qui recula comme il le put, épouvanté par la haine qu'il lisait dans ses yeux. Un peu d'écume moussait au coin des lèvres et la partie droite de son visage était tordue en un vilain rictus. Dans une sorte de brouillard, Marcus regardait intensément cette figure épouvantable. Ainsi, c'était son visage qu'avait emprunté la mort… Les dieux s'étaient donc lassés de protéger un pauvre boiteux. Confusément, il comprenait ce que Marcia disait : au fond, sa naissance n'avait entraîné que des catastrophes…

Il était au bord de se résoudre à l'issue fatale, lorsque la confession de Fulgur lui revint en mémoire. Tout ce qu'elle avait dit était faux ! Il n'était pour rien ni dans sa maladie ni dans la mort de son fils. Et même mieux : en s'accrochant à la vie alors qu'il n'était qu'un nourrisson, il avait sauvé Fulgur de la folie et des effets dévastateurs du remords ! Avec l'énergie du désespoir, il s'agita.

Marcia posa un genou sur sa poitrine et lui retira son bâillon. Il se débattit et serra les mâchoires tandis qu'elle tentait de lui faire boire le poison. Une goutte s'insinua entre ses lèvres obstinément serrées…

La porte explosa sous une furieuse poussée. Marcia se retourna et vit sept gladiateurs qui bondissaient dans la pièce. Lâchant Marcus, elle recula jusqu'au mur de la cave et, portant la fiole à sa bouche, en absorba le contenu. Fulgur allait l'en empêcher, mais Callistos, le médecin grec, présent lui aussi, le retint par le bras.

– Laisse-la, elle a choisi sa mort. Nous avons mieux à faire.

Le regard de Marcia s'obscurcit peu à peu. Elle hurla des menaces, maudit ceux qui étaient là. La dernière chose qu'elle vit, ce fut des hommes portant secours à ce garçon que toute sa vie elle avait souhaité tuer.

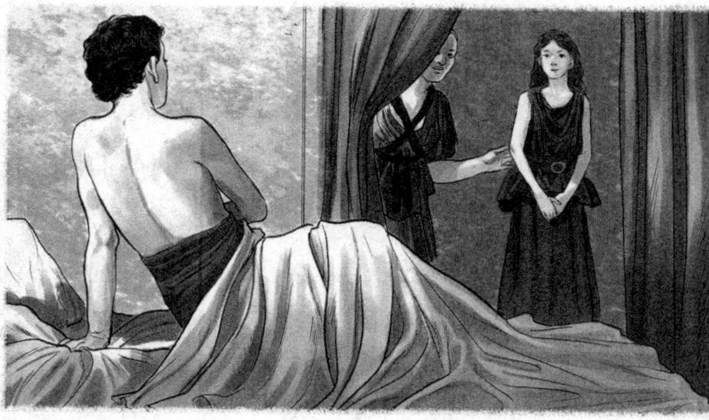

ÉPILOGUE

La clarté frappait obstinément ses paupières. Lorsqu'il les ouvrit, Marcus devina qu'il était dans une chambre, sur un lit bien moelleux. Plus de cave, plus d'obscurité. De la lumière, beaucoup de lumière, et des silhouettes qu'il devinait. Il plissa les yeux et reconnut Callistos penché vers lui, puis, debout près de sa couche, Flora et Fulgur ; derrière eux, la rassurante carrure de Félix qui semblait écluser un gobelet, et sur le côté un homme inconnu.

– Ça y est, il se réveille, dit Callistos.

Le garçon fronça les sourcils et, la bouche pâteuse, demanda où il était. L'homme qu'il ne connaissait pas lui répondit en souriant.

– Tu es chez toi, dans *ta* maison.

Cette réponse ne l'éclaira pas davantage. Son regard se fit si interrogateur que Flora eut pitié de lui.

– Marcus, voici le sénateur Titus Statilius, tu es dans sa maison. Nous avons eu si peur pour toi ! Callistos t'a fait boire un antidote : heureusement que tu n'avais absorbé que très peu de poison.

Marcus se racla la gorge. Il ne parvenait pas à relier entre eux tous les fils des derniers événements. Le poison, il s'en souvenait. Cette horrible femme, son récit atroce, ses accusations, son regard de folle... Son visage se crispa sous l'afflux des souvenirs. Flora s'en aperçut et s'assit près de lui. La voix encore rauque, il l'interrogea :

– Mais comment m'avez-vous retrouvé ? Je n'avais rien dit...

– C'est Ollion qui t'a sauvé la vie, répondit-elle. Il t'a vu quitter la maison avec un air tellement étrange qu'il t'a suivi. Il croyait que tu partais à un rendez-vous galant et il était bien décidé à t'expliquer ce qu'il en pensait. Tu le connais, il n'avait pas envie de perdre un lecteur de ta trempe ! Il était persuadé que tu allais dans l'insula pour espionner une jeune fille. Il montait pour te faire la leçon lorsque tu as chuté dans le jardin. Il s'est penché par la fenêtre, et il a su que les choses tournaient mal quand, au lieu de te secourir, les deux esclaves t'ont laissé seul. Il a alors couru au plus près, chez Callistos, qui a envoyé sans tarder un esclave trouver Fulgur.

Félix flanqua un coup dans les côtes de son ami. Flora surprit ce geste, rougit un peu, mais continua :

– En fait, j'étais chez vous, et malgré l'interdiction de Fulgur je suis partie avec lui et tes amis. Callistos était à la porte de la domus, il tentait de convaincre le gardien de le laisser entrer. Ursius et Félix ont été plus expéditifs : ils l'ont balancé dans la rue et se sont rués dans la maison en hurlant ton nom. C'est alors que Crassus est apparu : il s'est jeté à nos pieds et nous a conduits droit à la cave. Il nous a expliqué ensuite en écrivant sur sa tablette qu'il pensait que Vulcain en personne te protégeait. Nous sommes intervenus à temps, cette folle voulait te faire boire du poison ! Quand elle a compris que c'en était fini, elle a absorbé la dose qu'elle te destinait. Le sénateur est arrivé, accompagné de ses gardes. Crassus a sorti sa tablette de cire et lui a raconté par écrit toute ton histoire. Titus Statilius n'a eu qu'à te regarder pour le croire : tu es vraiment le portrait de ta sœur.

Marcus referma les yeux. Trop de choses se bousculaient dans sa tête, trop de regards aimants l'entouraient.

Flora lui caressa doucement les cheveux en souriant. Elle était profondément bouleversée, elle avait vu Marcia s'effondrer en vomissant des torrents d'imprécations. Elle avait cru que cet enfant allait mourir, et maintenant il était là, vivant, et il connaissait enfin le secret de ses origines.

Une porte s'ouvrit et une voix demanda :

– Je peux entrer ?

Marcus la reconnut tout de suite. C'était Tullia, sa sœur, ce ne pouvait être qu'elle. Une lueur dorée éclata dans ses yeux verts tandis qu'elle marchait vers son lit. Elle avait la même longue silhouette brune que la femme qui, lorsqu'il lisait, sortait des limbes et se penchait sur lui…

L'été tirait à sa fin. Marcus, assis sur un banc de pierre du jardin, regardait la façade de l'insula d'où il était tombé. Une sacrée chute, qui n'avait duré que quelques secondes mais qui avait changé sa vie. Il aurait pu mourir : il avait survécu. Il aurait pu tout perdre : il avait gagné une famille, celle de son sang, qui se rajoutait à l'autre, celle du cœur. Et, plus important peut-être, il savait d'où il venait, il savait que cette silhouette brune, c'était celle de sa mère, et qu'elle l'avait aimé. Il avait encore de la route à faire pour tout comprendre, des heures à parler avec Tullia, des moments à partager avec le sénateur Titus Statilius, son père, qui, presque timidement, cherchait une place dans sa vie.

Il y avait aussi les autres, Fulgur d'abord, et ceux qui l'avaient vu grandir. Fulgur qui n'allait plus risquer ses jours dans l'arène, puisqu'il assurait désormais la sécurité du sénateur. Seul Bellérophon avait tenu à rester gladiateur ; les autres avaient profité de l'or que Titus Statilius avait généreusement distribué pour changer le cours de leur existence. Marcus pensa à Ollion, qui l'avait suivi dans sa course ce soir-là. C'était aussi grâce à lui qu'il était encore en vie. Parfois, quand les nuits étaient dures, il revivait en rêve le moment passé dans la cave, les yeux fous de Marcia, sa tante, et le poison qu'elle avait tenté de glisser entre ses lèvres. C'est probablement cela qui l'avait décidé.

Sans Callistos et sa science, il n'aurait pas survécu. Dans quelques semaines, c'est auprès de lui qu'il apprendrait un métier. Le sénateur était bien un peu choqué par son choix, mais il n'en ferait pas d'autre.

Il entendit un pas léger sur le gravier. Tandis que Tullia remontait l'allée pour le rejoindre, un cri d'oiseau retentit : Marcus leva les yeux et aperçut, derrière sa sœur, des oiseaux qui tournaient dans le ciel, à la recherche de la bonne direction pour les pays chauds. Soudain, la ronde cessa et tous se dirigèrent à droite, vers les côtes de l'Afrique. Marcus prit la main de Tullia et les accompagna du regard en souriant.

Quelques précisions sur l'époque de Marcus

Le siècle d'Auguste

Comme dans tous les romans historiques, la réalité et la fiction s'entremêlent dans *Le secret du gladiateur*.

Dès le début du roman, on croise l'empereur Auguste. Petit-neveu et fils adoptif de César, il s'appelait tout d'abord Octave. Il a pris le nom d'Auguste lorsque le Sénat de Rome lui a accordé les pleins pouvoirs, en 27 av. J.-C. Les historiens s'accordent pour dire que le « siècle d'Auguste », c'est-à-dire la période située entre la mort de César en 44 av. J.-C. et celle d'Auguste en 14 ap. J.-C., est l'un des plus beaux moments de la civilisation romaine.

En effet, Auguste est soucieux de la grandeur

de l'Empire comme de sa propre gloire : il s'attache pour cela à favoriser la vie littéraire et artistique. Il est aidé dans cette tâche par Mécène, un homme politique amoureux des Arts et des Lettres, qui a dépensé sa fortune pour soutenir des artistes. Son nom est passé dans le vocabulaire courant puisqu'on emploie le terme « mécène » pour évoquer quelqu'un qui finance les arts. En échange de cette protection, les écrivains mettent leur talent au service des idées et de la propagande impériales.

Un autre personnage cité dans le texte est réel. Il s'agit de Virgile, l'un des écrivains importants de cette période : avec son œuvre intitulée *L'Énéide*, il crée, à la manière d'Homère avec l'*Iliade* et l'*Odyssée*, un mythe, celui du héros Énée qui a survécu à la chute de Troie. Pour flatter Auguste, Virgile le relie à cette légende et le fait descendre d'Ascagne, le fils d'Énée… et le petit-fils de la déesse Vénus !

Un autre écrivain, Ovide, donne à Marcus le goût des beaux textes. C'est l'auteur des

Métamorphoses, ce livre exceptionnel qui relate les grandes légendes de la mythologie comme l'histoire de Narcisse ou celle d'Icare. Suite à un différend avec Auguste dont il était pourtant proche, Ovide est exilé ; il meurt en 18 ap. J.-C., loin de Rome.

Auguste n'est pas seulement un protecteur des artistes, il veut aussi donner de l'Empire une image flatteuse. Il commence par s'occuper de Rome : il élargit les limites de la ville et dirige de grands travaux comme la construction d'aqueducs, de fontaines publiques ou des plus grands thermes que Rome ait jamais connus. Il décide aussi de la construction de monuments tels que le Panthéon, temple dédié à l'ensemble des dieux. Ces embellissements ont lieu dans tout l'Empire. Ainsi, c'est sous Auguste que sont construits en Gaule le pont du Gard et l'arc de triomphe d'Orange, que l'on peut encore admirer aujourd'hui.

Après un très long règne, Auguste meurt en 14 ap. J.-C., à l'âge de 76 ans.

Le monde des gladiateurs

L'image de Rome est inséparable de celle des gladiateurs. Ce terme désigne toutes les personnes qui combattent dans l'arène, mais à l'origine il était employé pour nommer ceux qui se battaient à l'aide d'un *gladius*, ou glaive, une épée courte à double tranchant. On suppose que ces combats entre hommes ont commencé au cours des jeux funèbres que les Étrusques, qui peuplaient l'Italie avant les Romains, pratiquaient pour honorer leurs morts : le sang versé servait à apaiser les mânes, c'est-à-dire les âmes des morts.

Les premiers combats eurent lieu au forum Boarium, le marché aux bœufs situé près du Tibre, puis dans les cirques et enfin dans les amphithéâtres. Le cirque Maximus, dans lequel Fulgur est blessé, a en réalité peu servi aux gladiateurs : il était surtout utilisé comme champ de courses, du fait de ses dimensions exceptionnelles – il a pu accueillir jusqu'à 250 000 spectateurs, c'est-à-dire l'équivalent de tous les habitants de la ville de Bordeaux !

Les gladiateurs étaient la plupart du temps des professionnels salariés et entraînés dans des écoles où la discipline était très sévère. Certains étaient des hommes libres, qui choisissaient cette voie pour fuir une situation personnelle difficile ; d'autres étaient des criminels auxquels le tribunal avait proposé cette solution pour qu'ils évitent une exécution immédiate, des esclaves cédés par leur maître ou encore des prisonniers de guerre. Un contrat les liait à leur entraîneur, le laniste, qui les prenait en charge, s'occupait de leur logement et de leur santé. En échange, ils lui devaient une obéissance totale, comme le montre le serment prononcé au début du roman, qui nous a été transmis par l'écrivain latin Pétrone. Si le gladiateur arrivait au terme de son contrat, il redevenait libre et avait gagné en général assez d'argent pour prendre une retraite bien méritée ! Malheureusement, ces cas étaient rares.

Les gladiateurs étaient entraînés dans des écoles nommées *ludi*, le pluriel du mot *ludus* qui signifie « jeu » – d'où vient le mot « ludique ». Ces ludi étaient implantés à Rome, mais aussi dans les provinces. Le ludus de Capoue est ainsi célèbre pour avoir formé le gladiateur Spartacus, responsable de la terrible révolte des esclaves qui secoua l'Italie en 73 av. J.-C. La plupart des ludi étaient public, mais certains étaient privés.

Le nom véritable des gladiateurs restait souvent inconnu. Ils étaient désignés par un surnom qui cherchait à mettre en valeur des qualités physiques, comme ceux des héros du roman. Selon leurs armes et leurs techniques de combat, ils appartenaient à des catégories différentes, les *armaturae*.

Les combats furent interdits par l'empereur Constantin au IVe siècle ap. J.-C., mais ils ne cessèrent réellement qu'au début du Ve siècle tant la passion des Romains pour ces jeux était forte.

TABLE DES MATIÈRES

Laure Bazire

Professeur de Lettres, Laure Bazire aurait voulu élever des poules et créer des jardins. Elle a bien élevé des poules, mais les chiens les ont dévorées, alors elle élève ses enfants, secoue ses élèves et écrit les histoires qu'elle n'a pas vécues. Elle partage son temps entre Versailles et la Normandie. Elle a eu un âne pendant longtemps (ceux qui ont lu *Le Singe de Buffon* en ont entendu parler !), mais il est maintenant à la retraite dans une propriété voisine, après avoir tenté de s'introduire maintes fois dans le salon.

Co-auteur de romans sur le siècle des Lumières, sur lequel porte sa thèse, elle a voulu cette fois faire partager son goût des textes antiques en imaginant le personnage de Marcus.

Aux Éditions Nathan

Du même auteur :
Les médecins ridicules

Et en collaboration avec Flore Talamon :
La plume de l'ange
L'encrier du diable
La série « Les enfants des Lumières » :
Le singe de Buffon
Le sang d'un prince
L'envol des corbeaux

Jaouen Salaün

Jaouen est né en 1979, au pied des Cévennes. Il découvre le dessin à l'adolescence, une passion qui l'emmènera jusque sur les bancs des Beaux-Arts à Nîmes et de l'école Émile-Cohl à Lyon. Aujourd'hui, il est dessinateur de bande dessinée et travaille pour l'édition jeunesse, la presse et la publicité.

Chez Nathan, il a illustré les couvertures de la série fantastique *STROM*, d'Emmanuelle et Benoît de Saint Chamas, et celles de la série de romans policiers *Europa*, de Nicodème et Lefèvre.

Vous avez aimé

LE SECRET DU GLADIATEUR

Découvrez, du même auteur :

Le singe de Buffon

Ill. Jean-Christophe Lerouge

1750, Pierre, un jeune paysan français, rencontre une bête jusqu'alors inconnue : un singe ! Cet animal est protégé et étudié par Buffon. Ce célèbre scientifique élabore de nouvelles théories sur l'évolution de l'homme qui contredisent les croyances de l'Église. Dans la lutte qui s'engage, certains veulent voir ce singe mort, et ses restes disparus...
Buffon charge alors Pierre de veiller sur le singe...

Les médecins ridicules

Ill. de Prince Gigi

Paris, XVIIe siècle. Armand de Mauvillain se rend de toute urgence chez son ami Molière. Celui-ci est désespéré : le grand Daquin, médecin du roi, a finalement refusé de soigner son garçon, après lui avoir conseillé des remèdes dangereux !
L'enfant n'y survivra pas. Dès lors, Molière cherchera à se venger de Daquin et des mauvais médecins avec ses armes à lui : le rire et la comédie...

Les Amoureux du Green Dragon

Ill. de Prince Gigi

Londres, 1596. Josh est embauché comme charpentier par le grand William Shakespeare pour construire ce qui deviendra le théâtre du Globe. Josh découvre la vie d'une troupe de théâtre, parmi les comédiens, à la taverne du *Green Dragon*. Ce milieu le surprend et le choque même un peu ! Alors que Shakespeare le met à contribution pour les répétitions de sa pièce, *Roméo et Juliette*, Josh s'éprend d'Alma, la jolie fille du tavernier, passionnée de théâtre…

… et d'autres romans dans la même collection :

Le magicien du Pharaon

ALAIN GROUSSET

Ill. de Jérémie Fleury

Vallée du Nil, il y a plus de 2000 ans. Afin de retrouver son oncle disparu, le jeune Djar embarque pour la grande ville de Thèbes. Avec pour seul bagage son astuce et ses tours de magie, le garçon mène l'enquête. Mais le complot qu'il met au jour menace aussi le pouvoir de Pharaon !

FSC www.fsc.org
MIXTE
Papier issu de sources responsables
FSC® C022030

N° d'éditeur : 10234203 – Dépôt légal : avril 2013
Achevé d'imprimer en mars 2017
par la Nouvelle Imprimerie Laballery (58500 Clamecy, France)
N° d'impression : 702330